JN001395

あのころなにしてた?

綿矢りさ

shinchosha

あのころなにしてた？　目次

1月〜3月　すぐには家を見せられない……5
4月〜6月　外に出る勇気……31
7月〜9月　値引きがちょっと切ない……69
10月〜12月　風に揺れるウレタンマスク……87
あとがき……101

装画　北澤平祐

本文挿画・写真　綿矢りさ

あのころなにしてた?

1月〜3月
……
すぐには家を見せられない

1月5日

お正月に親族とスキー旅行へ。スキーは運動音痴の自分でも楽しめる、数少ないスポーツの一つだ。誰かと対戦せず、一人で黙々と滑れるところが良い。一泊二日で新潟の越後湯沢へ、上越新幹線に乗れば、東京駅からすぐに着いた。駅を降りた途端、目の前に広がる雪景色。今年は雪が少ないから、もしかして滑れないんじゃないかとさえ思っていたのに、どうやら今朝あたりから降り始めたらしく、問題なさそうだ。

スキー場に着くとスキーウェアや用具を一式借りて、さっそくゲレンデへ。四歳になる息子も初めて見る白銀の世界に大喜びで、さっそくアイスクリームのスクーパーみたいな道具で雪玉を作り始めた。義理の両親、夫と共に正月をこんな風にアクティブに過ごせるのは、みんな元気な証拠だ。どこかへ旅行するだけでも気持ちが良いけど、さらに共通の好きなことで盛り上がれるのは、良い思い出を作る機会にもなる。それにしても、ひとしきり滑ったあとに食べる、紅しょうがが真っ赤でちょっと甘い、具の少ない黄色いカレーは、なんであんなに美味しいんだろう?

二日目、義理の両親が息子を見てくれると言ってくれたので、夫婦でゲレンデに行った。昨日よりもさらに雪が激しかったが、まだ人はたくさんいた。

「結構降ってるけど大丈夫かな」

「これくらいなら、行けるんじゃない」

私たち二人とも、もうすぐ帰らなきゃいけないからもっと滑りたい、せっかく来たんだし、という思いがあった。他にもスキーしているお客さんはいるし、リフトも止まってないし。なんとなく大丈夫だろうという思いで、あと一本だけ滑ろうと、初心者コースのスタート地点へ行けるロープウェイに乗った。

山の中腹に着いて降りたら、山の端にいたときよりもさらに強く吹雪いていた。昨日見た晴れ渡った、隣の山々の稜線がくっきりと見える景色ではなく、遠くも近くも白く煙っている。しかしまだ人はいた。蛍光色の鮮やかなスキー服が斜面を滑り降りている。小さな子どももいる。

「もう少しだけリフトで上へ登って、初心者コースで一度遊んだあと下山しよう」

私たちはリフトまでの道を、滑り始めた。夫が先頭で、その少しあとに私が続く。だけどスタート地点ではまだ明瞭だった視界も、山道のカーブを一つ曲がっただけで白く煙り、顔にごく小さな雪のミストが降りかかってきた。顔はゴーグルとマスクで覆っているが、息を吸い込むと、予想していたよりもずいぶんひんやりした空気が入ってくる。思ったより風が強く、たちまち吹雪いて前が見えなくなった。少し先を行く夫の後ろ姿もすぐ見えなくなる。

息子と私。この時まだ吹雪いてない

リフトの入り口は雪が盛られ、なだらかな小さな坂になっている。そのためスキー板を逆ハの字にして、雪を蹴るようにして登らなければいけない。私はこの作業が下手で、勢いよく登ろうとしても息切れして途中でちょっと休んでしまい、その瞬間またずるずると坂の下まで滑り落ちてしまう。何度スキー板を脱いで普通に登ってしまいたいと思ったか。

そのとき目の前に現れたリフト乗り場の前にも坂があった。前日にもこのコースを滑ったとき、この坂に苦労させられたのは覚えていたから、私は登る覚悟を決めた。しかし追い風が強いため、まるで招き入れられるように、なんの力を入れなくても私の身体は坂を登っていった。ひゅうーという風の音が耳の横で聞こえ、雪の精に背中を押されているかのように、純白の雪景色から、屋根のある薄暗いリフト乗り場の入り口へ向かって押し出される。

入り口にさしかかったとき、入り口の半分を塞いでいた大きな風除けの衝立が、強風に煽られ、私の前にいた夫のすぐ側でバタンと倒れた。風で倒れるくらいの衝立だから、軽いものだろうと思っていたが、ようやく追いついて横に並んだ私の顔を見た夫の顔は真っ青だった。

「見て」

衝立にぶつかった夫の右手のストックは、真っ二つに折れていた。衝立は係員の男性が三人がかりで力いっぱい押してようやく立て直すことができるほどの重量だったのだ。夫の立ち位置があと数センチずれていたら、衝立が倒れてきたとき、スキー板を履いているのもあるからすぐに逃げられなかっただろう。そしたらきっと夫の足がストックのように折れていたはずだ。

まだ驚きの覚めないうちに誘導されリフトに乗り、どんどん上昇していくなか後悔したが、後の祭りだった。吹雪のつぶてを顔にびしばし受けながら、二人で言葉少なだった。さっきの恐怖がまだ残っている。あと少しのことで大変な事態になっていた、とこれほどまでに強く感じた経験は、私は初めてだ。夫は私が恐がっているのに気付いて色々と話しかけて気分を和ませてくれたが、衝立が身体を掠めるほど近くに倒れてきた夫の方が、もっとびっくりしていたに違いない。

夫はストックが折れていると係員に相談したが、そのまま滑って下に着いたら交換してくださいとのことで、一本だけで降りていく。私も吹雪で不鮮明な視界のなか、さっきの衝立インパクトもあり、顔面蒼白で滑り下りた。無事に最後までたどり着けたとき、単なる雪山ではなく冥界から帰還した気分だった。

1月24日

京都から母がうちへやって来た。年末に京都で会って以来で、うちで話したり、近くまで外食に出かけたり。いつも冬に東京へ来ると母は「京都の方がもっと寒いわ」と言うのだが、今回もそれが聞けて嬉しかった。京都の寒さは私も知っている。そしてその寒さがどれほど厳しいかを語るとき、なぜか誇らしい気持ちになるのだった。外は寒く、あんまり観光はせずに息子と遊びつつ、ほとんど家のなかで過ごした。

私は中国語を勉強中だったので、趣味で中国のニュースサイトやブログサイトを読んでいた。漢字の使い方が日本語と似ているようで違ったり、日本語には無い漢字の組み合わせが新鮮だ。独力で全て理解できる能力が無いので、グーグルの翻訳機能に頼りながら。普段なら本場のサイトは読解に骨が折れるから読まないで、すでに日本語に翻訳してある中国の記事を読むのだが、この頃はリアルタイムで不思議な記事や画像が上がるので、一日に何度も覗いていた。

家族構成

1月の前半ごろから、中国に住む人たちのブログに、武漢での異変が書き込まれるようになった。SARSに似た症状の感染病が広まっていると。感染源はコウモリの可能性が高く、感染したコウモリを食べた人から広まった可能性があるとの話だった。だから、野生動物を食べる「野味」の習慣を無くそう、というイラストつきの啓蒙画像もよく見られた。しかしコメント欄の意見を読んでいると、野味を好む人はごくごく少数派のようだ。

被害の大きい武漢では感染者を外に出さないよう、封鎖が始まったらしい。「封村」の文字と共に、ブルドーザーなどの重機が土や岩などを盛って、村の出入り口を物理的に塞いでいる写真なども出回り始めた。即席の関所に村の役員が座って、人々の出入りを監視している写真などは、フィクションのドラマの一場面のように見えた。少し遅れて「封城」という、封村よりもさらに広い範囲の、都市を封鎖する意味の言葉も目立ち始めた。

乏しい語学力で読んでいるから、間違ってとらえてるんだろう、きっとそうだ、と思わずにはいられないほど、信じられないことばかり書いてあった。読み間違いだ、と思っても、一緒に添付されている画像を見れば、現実だと分かる。一体何が起こってるんだろう。

国内の被害の出ていない地域から被害の大きい地域への、励ましの言葉も目立ち始めた。「武汉加油（武漢がんばれ）」などの文字と共に、マスクをつけているちびまる子ちゃんの画像なども一緒だ（ちびまる子ちゃんは中国でも人気らしい）。春節だが自宅待機を命じられた人たちは、ずっと在宅で過ごし、なんとか暇と運動不足を解消しようと、自宅内を観光地に見立ててツアーをしたりしていた。新品の服を並べてリビングでショッピングごっこをしたり、お風呂の壁に大自然のポスターを貼ったりしている。

2月1日

公開対談の仕事。銀行・証券会社主催の対談で、『2030年に向けて変わる社会、そしてわたしたちの未来は』というテーマについて話す。対談相手の理路整然とした、圧倒的な情報量に触れて、今まで想像しなかったような未来の都市のヴィジョンが思い浮かんだ。

引き続き中国のニュースの内容が衝撃的で、寝不足になる。武漢だけに収まらず、じわじわと近隣地域にも感染拡大が広まるなかで、防護服姿の医師や看護師が多忙すぎて、ほんの少しの休憩時間にみんなで床に寝転がって仮眠を取る姿、椅子に座ったまま眠っている画像などが上がっている。防護服をつけた、表情の読み取れない姿であっても、彼らがへとへとに疲れているのが伝わる。一体どれほど患者を抱えているんだろう。感染から回復した高齢のご老人の退院を見守っているさなか、感極まって泣き出す医師の映像もあった。退院できたのは本当に良かったけど、高齢者の退院がこんなに快挙になるほど、かかると重い病気なのかなと、うっすら不安にもなる。隣の国でこんなことが本当に起きているなんて、未だ信じられない。

2月4日

発刊間近の文庫本の販促のため、新聞社に行く。新型肺炎についてのことばかり私が話すので、夫がちょっと疲れ気味。夜、いま書いている小説に少し出てくる秋葉原を見たくなり、リフレッシュも兼ねて夫に車で連れて行ってもらう。人出が少しは減っているかと思いきや、いつも通り、賑やか。巨大なビルの前面にはテレビアニメの垂れ幕、看板、ポスターなどが所狭しと貼られ、街を歩くだけで得られる情報量の多さが半端じゃない。

ついでに六本木や銀座にも車で寄り、街並みも車窓から眺めたが、横断歩道で信号を待つ人たちのマスク率は、それほどでもない。マスクは少しずつ品薄になっているらしいが、繁華街の駅の地下に入った店舗でもない限り、住宅街のドラッグストアやコンビニで普通に買える。白い普通のマスクより、薄桃色のマスクの方が多く残っていた。使う人の性別が限られているからだろう。

いつもなら色つきのマスクはなんだか恥ずかしい気がしていたけど、その時は違って見えた。というのは、もうすでに真っ白のマスクを着け続けるのに疲れ始めていたからだ。本当に風邪を引いているときや花粉症のとき、肌が荒れて見せたくないときなどは白をつけていると安心するが、どこも不調が無いのに予防のために白いマスクをつけている状態が長く続くと、どこか気弱になる。薄桃色なら肌なじみも良さそうだし顔から浮かないかな、と思って一つ買ってみた。

2月6日

小説家の二人とお仕事の企画で話す。普段でもよく交流のある二人とおしゃべりするのは楽しく、あっという間に時間が過ぎる。会話の収録場所となった表参道の人気のレストランは盛況で、テーブル席はもちろんカウンター席も人がぎっしり、笑い声や話し声で賑やかだ。

書いていた小説を読み直していると、「コロナビール」の表記があり、迷ったあとコロナの部分を消す。軽い飲み心地が大好きなビールだし、こうなる前に書いていた描写でもあったけど、いまでは強い意味を持つワードとなったので、小説の文章のなかでは残念ながら浮く気がした。しょうがないので本物のコロナビールを買って飲む。いつもながら飲み口さわやかで、えぐみの無い細かな泡。もともとビールの味が苦手な私のような人間には飲みやすい。

客船で世界各国を旅していた人たちの間で感染が確認され、多くの乗船者たちが船から降りられなくなっているとのこと。クルーズ船に乗っている人たちの人数に驚くとともに、船一つがまるで一つの国みたいに扱われているのにも驚く。

2月9日

前から予約していた、台湾茶教室の一日体験へ行く。マスクをつけて行ったけど、色んな種類の茶葉を飲み比べするために、マスクを外して、注いでもらった茶を何度も飲んだ。台湾茶の茶道と流儀が学べて有意義だったし、ずっと楽しみにしていた行事だったけれど、今行くべきではなかったかもしれないと、終了してから後悔した。とはいえ自分の感覚が合ってるのか、心配しすぎなのか分からない。車が前から来たら、どれくらい避ければぶつからないか分かるけど、見えないウイルス相手だと、どれくらい注意を払えば良いのか、途端に分からなくなる。

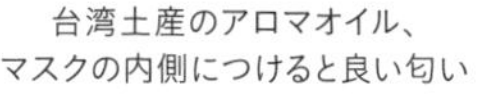

台湾土産のアロマオイル、
マスクの内側につけると良い匂い

一人だけ気にしすぎると、一緒にいる人にとって、失礼になる場合もある。

　スマホが故障して、スマホショップに子どもと一緒に行く。保育園で感冒が流行ったので、自宅に居る息子も一緒に連れてきたが、マスクが気持ち悪いのか、つけてもすぐ外してしまう。店員さんから新しいスマホの説明を聞きながら、子どものマスクのずれを直していたら、頭が痛くなってきた。大人でさえ煩わしいのだから、幼児ならなおさらだろう。幼い子がマスクをつけるのはかえって危ないというニュースもあり、選択を迷う。

　我が家ではマスクの地位はどんどん向上し、今では未使用のマスクは桐の箱に入れて高い場所に祀(まつ)られている。使い捨てマスクも捨てずに洗い、〝サステナブルマスク〟と格好良さげに呼び、近所にちょっと出かけるときなどに使っている。繊維がけばけばなので、つけると鼻がくすぐられ、くしゃみが出る。防御力はほとんどゼロに近いから、活躍の場はかなり狭い範囲に限られているが、あると割と心強い。

2月10日

お祝いごとで、赤坂のホテルのレストランへ連れて行ってもらう。普段なら足を踏み入れることの無い、高級な場所だ。フロントの従業員やドアマン、ホテルの制服を着ている人たちはほとんどがマスクを着用している。ホテルが今こんな風になっているとは知らなかった。清潔そうな大判の白いマスクが眩しい。純白のナフキンの上にアルコール消毒剤が鎮座し、目立つ場所に置かれている。アフタヌーン・ティーのセットは小さなお菓子やお料理の一つ一つが美味しく、見た目も精巧で美しい。きめ細かな泡のシャンパンも飲み、爽やかな酔いを楽しみながら、大好きな人たちとお話が出来て、免疫力も上がった気がする。

細菌と違い、ウイルスは生命体とは言えないと、今回の出来事で初めて知った。単体だと増えられない、自己増殖できないから、そういう定義になるそうだ。ウイルスは宇宙船のようなもので、自分だけで自分と同じような宇宙船を作り出すことはできないが、宇宙船自体の設計図を船内に積んでいる。

宇宙船は他の生き物の体内に侵入すると、その細胞内に、持って来た設計図を叩き込む。するとその生き物の細胞が間違えて、最初のウイルスにそっくりな宇宙船を何個も作り出してしまう。

どんどん増える無数の小さな宇宙船が、ウイルスに感染した生き物の免疫系が処理できないほどの量になると発症する。

ウイルス性の風邪が家族間で流行った時期があり、それは子どもが保育園に行き出した頃だった。子どもがもらってきて、二週間おきくらいのペースで私にも夫にも伝染って(うつ)いた。RSウイルス、アデノウイルス。抗生物質がきかず、一度かかるととにかく横になるしかない。

私の場合は熱も上がらずにただ頭が割れるように痛く、とめどなく鼻水が出た。その時の頭痛はカーンと脳を直接殴られたような衝撃で、ベッドで目をつぶっている間、まぶたの裏に無数の金粉が舞い狂っているようなチカチカした刺激が絶えなかった。

深夜、ネットで中国のニュースの、日を追うごとに凄まじいスピードで外側へと境界線を広げていく疫病地図を見ていると、ある考えが頭をかすめた。

ひょっとして、他の国でもあり得る？

京都の北野天満宮には、足つけ灯明という神事がある。旧暦七夕のシーズンに境内にある御手洗川に素足を浸けてじゃぶじゃぶ歩き、持っている火のついた蠟燭を奉納するイベントだ。特に日が暮れてから行くと、幽玄な雰囲気に包まれる。そのとき「水占（みずうら）みくじ」も買う。おみくじには、初めは何も書かれてないように見えるが、川の水に浸けると文字がうっすらと浮かび上がってくる。水滴をぽたぽた垂らしながら、おみくじを灯籠の明かりにかざして、書いてある文字を読んだときのように、言葉が脳裏に浮かび上がる。

コロナウイルスには、顔が無い。

人間の顔色も、窺わない。

2月15日

日本国内ではイベントが次々と延期や中止になり、国外ではアフリカでの感染者が確認された。随分前に購入した、室内での観葉植物展覧会のチケットが手元にあり、こちらは開催自体はされていたが、悩んだ末に行くのはやめた。不穏なニュースが増えるなか、子どもの声とテレビアニメの音が鳴り響くなか、現在書いている途中の小説の耽美できわどい場面を書き進めてゆくのは、ある意味すごく修行になる。幽体離脱して恋愛の煩悩の塊にならないと、一文も思い浮かばない。

しかも運よく作品世界に没頭できても、普段は楽しんでノリノリで書いていたラブシーンも、〝濃厚接触〟という言葉をニュースで耳にするようになってからは、登場人物たちが熱烈にキスなどしていると、架空の人物なのに〝マスクとかつけないで、この人たち大丈夫なのかな〟と気になるようになった。以前は当たり前だった身体接触も、くっついている二人が愛情だけでなく、他にも色々交換し合ってそうで、ハラハラする。

仕事中はアレクサにラテンミュージックを、ずっとかけっぱなしにしてもらっているのだが、新旧の本場の名曲に混じって、「井上陽水トリビュート」から「ダンスはうまく踊れない」が流れてきた。哀愁漂いつつもノリが良く、机から離れて踊ってしまった。

仕事など他の作業をしながら、色んな音楽をかけっ放しにするのは、贅沢だし有意義な時間の楽しみ方だ。他の作業をしていても、身体が勝手に踊りたくなったり、メロディや歌詞が耳に飛び込んできて急に泣きたくなったりする。集中して聞いてない分、吸引力の強い、いま自分が必要としている曲を見つけやすい。

2月18日

天皇誕生日の一般参賀が中止されるとのニュース。段々とお出かけできる範囲が狭まってきた。いや、正確には感染のリスクをしょってまで行きたい場所が減ってきた、と言うべきか。せっかく気晴らしに外へ出かけても、大丈夫かなとヒヤヒヤしながらだと、あまり楽しめない。

外は寒いのですごく出かけたいわけではないが、息子はいつもと変わらず元気いっぱいなので、自転車に乗せて近所をうろつく。公園は息子よりちょっと年上のお兄さんお姉さんの縄張りができていて、新参者の彼にはハードルが高い。

ここなら人気(ひとけ)も少ないし、と辿りついた先は、墓地併設の小さなお寺。閑散とした誰も人のいない様子に「ママ、きょうここ、おやすみだよ」と言ってくる。彼は拝観や参拝の客で溢れる観光地の寺や、お祭りをやっている神社にしか行ったことが無いからだ。京都に住んでいた為か、子どもの頃の自分は寺や神社の境内でよく遊んだ記憶があったから連れてきたけど、友達と一緒だったから楽しかったのであって、息子一人きりの状態だと確かに手持無沙汰そうだ。

とりあえず二人でお詣りをしたあと、次は神社へ。なじみの神社だけど、疫病の根絶を祈願するために建てられた、古い小さな社が、神社の敷地内にあるのに気付く。そういえば京都にも疫病に関する祭祀は多く、祇園祭も確かもとは疫病の災厄を祓(はら)うのが目的で始まっていた。昔の人たちと悩みがシンクロした瞬間だ。いつもより念を込めてお詣りしたあと、帰路につく。「ママ、ちっともたのしくなかったね」と帰りの自転車で息子が無邪気に言った。

2月20日

年末年始の時点で既に入っていた、人と対面する内容の仕事が次々と、延期になったりＺｏｏｍ通話に変わってゆく。出来るなら直接会えた方が嬉しいけれど、ネット上の様々な機能を使えば、対面しているのと変わらないほどの状況が作り出せる。一昔前はカクカクしていたリアルタイムの映像も、驚くほどなめらかだ。相手の声も雑音無く聞こえて、大切な話も中断せずに長い間続けられる。

Ｙａｈｏｏ！のシンガポール版を見ていたら、今揃えておくべきお買いものリストなる記事が出ていた。自動翻訳にかけて読んでいると、イソプロピルアルコールと書かれた項目に、日本の楽天市場のアドレスが貼られている。飛んでみると、記事通りイソプロピルアルコールが売っていて、早速一つ買った。後日販売元から、〝お客様の頼んだこのアルコールは、工業用ですけどほんとに良いんですか？〟という主旨のメールが届く。〝はい〟を選択すると、しばらくしてから現品が届き、瓶に書かれた注意書きを読むと〝床にこぼすと、床が溶けます〟の文字。間違えて100％の濃度の、危険な種類を買ってしまったらしい。反省。子どもの手の届かない高い棚に封印する。

2月24日

日本国内の専門家会議が、「今後一～二週間が、感染拡大のスピードを抑え込めるかどうかの瀬戸際だ」と発表する。そんな大事な時期なら、大人しくしていよう。もともと家に居続けるのは得意だ。小説、映画、ネットで好きなものを読んだり、興味のある出来事について調べものをしていれば、すぐに一日は終わる。

もし外出自粛要請ではなく、外出要請が出されたらどうだったろう。朝起きたらすぐ外出して、絶え間なく人に会い続け喋り、毎日何らかの大人数の集まりに参加することを要請されたら、自分のようなタイプの人間はすぐにへろへろになるだろう。それよりは、ましだ。

室内でも太陽の照っているときに窓際やベランダで手のひらを上に向けて光を浴びていると、なんとも言えない幸福を感じる。また2月のこの時期、通常なら花粉が入ってくるからと、閉め切っている窓を、換気のために全部開けると、家のなかを外みたいに風が吹き抜ける。少し肌寒いが外への憧れが少しマシになる。

企業のリモートワーク化が進んでいるが、文筆業はそもそもがリモートワークみたいなものだ。もともと非常に孤独な職業だから、あまり変化が無い。ただラブストーリーを書いていたのだが、あまり集中力を保てない。これからの恋愛小説には、手洗いうがいをしっかりして、二メートルぐらいのソーシャル・ディスタンスを置いて話すカップルや、付き合う前にPCR検査の結果を報告し合うカップル、コロナに仲を引き裂かれるカップルなどが出てくるのだろうか。そうなると肉体的なつながりよりも、精神的なつながり、たとえば手紙のやり取りであったり、会えなくても相手を好きでい続けたりする気持ちの方がより多く描写されるようになるのか。

海外ではいち早くマスク越しにキスするカップルがＳＮＳに上げられていたが、マスクの意味が無いと、当然非難を浴びていた。物語作りに関わる者にとってこれはゆゆしき問題で、今回のウイルスの流行が短期間で終わり、被害もそれほどで無いならいちいち気にする必要は無いが、すごく長引いた場合、現代を舞台にする話なら完全に無視すると不自然になる。しかしこの出来事を物語に一たび組み込むと、作中のカップルはかなり切実な問題に直面することになる。

家族になっていれば別だが、別々に暮らしている場合、会えば会うほど伝染し合うリスクは増す。社会人ならまだ自己責任で本人覚悟の上で会うだろうが、問題は家族と一緒に暮らしている未成年で、学校も休校になっているなか、高齢者の家族と共に暮らす人もいるなか、デートスポットは閉まり、不要不急の外出は控えられている。二人を阻む障害が、世間や親なら、ロミオとジュリエットのように警備の目をかいくぐりなんとか逢瀬を重ねるのも純愛だが、常に感染のリスクを抱えながら逢い続ければ、相手や自分や家族に悲しい結果が訪れるかもしれない。人と人とが出逢ってくっつくまでを主な軸としているラブストーリー、特にハッピーエンドは、も

すぐには家を見せられない

しご時世を反映させる場合、どう発展していけばいいのだろうか。

強力粉があったので、パンを作る。こねるのに力が要るし、発酵には時間がかかるしで、買う方が早いと思い、あまり作ったことが無かったが、やってみたらちょっと図画工作みたいな要素もあり熱中する。発酵させたあとのパン種は人肌のようにほんのり温かく、ぽやんとして、手のひらの上に乗せていると新しく小さなペットを飼ったような気持ちになる。

強力粉の袋の裏に書いてあったレシピ通りに作ったつもりだったけど、出来上がったパンは何パンか分からない、分厚すぎるクロワッサンのような形をして、噛むとゴリゴリ鳴るほど固かった。こねる回数が足りなかったのか、もしくは発酵が不十分だったのか？　一体何パンなのかはまったく分からないが、こういう新しい種類の食べ物だと思えば、問題無く食べられるので、いくつか食べたあと、残りは小分けにして冷凍室へ。息子も夫も犬歯で噛みきるように、およそパンを食べているとは思えない形相でかじっている。

2月27日

今日夕方、全国の小中高などへの臨時休校要請、3月2日から春休みに入るまで続くとの発表。これは日本では今までで一番大きな動きだと思う。これまで政府の会見は緊張しながら見ていたが、すべて聞き終わると分かったような、分からないような、危機感を持っていいのかどうなのか、よく分からない気持ちになることが続いていた。けれど、この宣言は明白に意図が分かり、危ない時期に差し掛かっているからこその対策なのに、発表されたときなぜか安堵した。逃げ回ったり過ぎ去るのをただ待つフェーズは終わり、ようやく腰を据えて本格的にコロナと闘う時期が来たのだ。

3月2日

ツイッターでアマビエなるもののイラストがたくさん貼られている。疫病の妖怪の絵らしく、リツイートするとご利益があるとか。中国でも「疫病退散」「百毒不侵」などの文字と共に、神のイラストが描かれた画像が流行していたから、いまは世界各地でこのような動きがあるのかもしれない。神社には護符が売っていて、買って家に貼ったりするが、それのネット版だろうか。もちろん絶対に効くと信じている人は少ないだろうが、護符でシールドを張りたい気持ちは分かる。護符が画像に成り代わったのだろう。現代人はスマホを眺めている時間がとにかく長いから、画像でもご利益がありそうだ。

3月6日

コンビニのATMを操作する用事があり、海外の深刻な感染のニュースを見た直後だったこともあり、大げさかと思いながらも使い捨て手袋をはめて行った。誰も私など気にしていないと分かっていつつ、少し恥ずかしくなる。心配性すぎるだろうか。

目に見えないほど小さなものとの闘いは、とってもややこしい。過剰装備は裸の王様の逆バージョンのような滑稽さというか、下手すれば、存在しないものにびびっている小心者に見える。可視化できる強大な猛獣が敵なら、鎧や兜のフル装備はむしろ格好良く見えるのに。

本音を言えば、手であっても、顔であっても、こんな事態になってまで外出先で晒していたい素肌のゾーンなど一つもない。周りの目を気にしないでいられたら、フルフェイスのヘルメットでもかぶりたいくらいだ。今までほんの少し色が違うだけの口紅が何種類も発売されたり、何センチかの差異でまったく違うヘアスタイルと見做(みな)されるほど発達した外見の文化をかなぐり捨てるのは抵抗があるけど、哀しいかな状況が変わってしまったのだ。コロナ前から花粉症の人がたくさんいたためか、マスクをつけるのに抵抗が無い空気が日本に既に育っていたのは、本当に幸運だった。

3月11日

イタリアやイランなど予想もしていなかった国の状況が深刻になる。イタリアはローマに何度か滞在したことがあるので、伝えられている状況を聞くと、どれだけ大変かリアルに想像ができる。家族や友人、隣人とのおしゃべりや会食の時間を重んじる国だった。太陽の照る日はバルコニーで昼食を食べ、コーヒーはバルで飲み、おやつ代わりにシンプルなピザを店先のカウンターで立って食べていた。どんなときにも、陽気でゆったりした時間を守る意識は厳格と言ってもいいほどで、一人がせかせかすると、周りの皆がやんわり止めるほどだった。世間話を愉しむ落ち着きは、上品さと直結していて、あくまで忙しさよりも優雅さを尊重していた。一方自由への主張は激しく、公共交通機関はしょっちゅうストで止まり、不愉快な命令を上から下されると、率先して憤り自分の好きなようにふるまう人が現れて、革命家と化したその人に集団が倣うのだった。

街の公共交通機関は綺麗に使われているとは言いにくいが、一歩家に入れば非常に綺麗好きで、外置きの玄関マットで靴の泥を落としたあと、家のなかに入ると靴からスリッパに履き替えていた。それが少数派なのか多数派なのかは分からないが、私のおじゃました家ではそのようなしきたりを採っているところが多かった。自分で掃除したり、ハウスキーパーを呼んだりして家には埃も舞わず、床は磨かれ、換気もしていた。衣服は高温の湯が出る洗濯機で洗い、特に綺麗好きな人はベッドシーツにアイロンをかけていた。

サッカーは国民的スポーツで、自分の住む街のチームを、特に男性は人生をかけて応援していた。垣間見た生活様式や、荘厳な建物のひしめく、歴史あるイタリアの街を思い出していると、コロナが流行っているなんて信じられない、という部分と、確かに流行の要因になりそうだなと感じる環境や文化、国民性がちょうど同じくらいの割合で浮かんでくる。自分の国のことより、他国の方が一歩引いた目線で判断できるのかもしれない。日本に来たり、住んだりしたことのある外国人は、いまのこの国の状況をどんな風に感じるのだろうか。ここは良いけどあそこはダメとか、率直な意見を聞いてみたい気もする。

まだまだ寒いが、椿が美しい。鮮やか過ぎる赤い色で、力尽きるとゆっくり散ってゆくのではなく、ぼとりと花ごと地面に落ちるさまが、首斬りのようで不吉だと、昔はなんとなく恐いイメージだったが、いまは春の兆しを見せつつもまだまだ寒い冬の空気によく似合う、艶やかな花だと感じる。雄しべが黄色く花弁の赤い古式ゆかしい椿も素敵だが、白い花弁の中心にピンクの模様が浮かんでいる種類の椿も華やかだ。

花弁が多く重なり合うこの花は、覗き込んでみると童女が笑っているような、初々しい顔(かんばせ)の雰囲気が漂っている。植物が育ったり咲いたりするのを見るのが楽しい。かつては無い感覚だった。冬から育て始めた盆栽の松が黄緑色の芽を出し、松の木になる姿が想像できないほどひょろひょろと伸びていくのを観察するのが、日課になっている。

盆栽になる姿が想像できない松

3月13日

トランプ大統領が緊迫した表情で、専門家を引き連れて国家非常事態を宣言する会見をした。厳しい内容とは裏腹に、会見が行われた屋外は天気が良く、室内で行われる通常の会見よりもすがすがしく見えた。大統領のほかに、ウォルマートの会長など小売業界のCEOがかわるがわるマイクの前に立ち、国民に呼び掛けていた。巨大な国や、巨大な物流を動かしているヘッドは、当たり前だけど生身の人たちなんだなと、人間味を感じる。

3月14日

東京では、季節外れの雪が降った。不思議とそれほど寒くない。息子ははしゃいで、雪が積もったら雪投げがしたいと言ってきた。多分積もるほどではないだろうと思っていたが、東京でも積もっていた地域があったらしく、作った雪だるまの写真を送ってくれた人がいて、息子はそれを見て喜んでいた。

様々な国で手洗いを指南する動きが発信される。イランでは芸術家がパントマイムのような動作で指揮者風の手洗い動画をアップしたり、アメリカではハッピーバースデートゥーユーを二回歌い終わるまでの間手洗いをしなさいと啓発していた。どの国も誰でも実践しやすい対策を提案している。

3月15日

タイでは子どもを集めてタイ政府総合庁舎で手洗い教室が開催される。その際コーヴィッドくんという、イガイガウイルスの着ぐるみを着たキャラクターも来場し、タイのゆるキャラが作りだされるスピーディーさに驚いた。ただ真っ赤で目玉が三つあり、剣呑なキバを剝き出しにして微笑むコーヴィッドくんは大変強そうで、どうしても彼の隣にいるマスクをつけたネコのお医者さんでは敵わないようにみえてしまう。

アメリカの写真加工アプリをインストールしたら、

コロナウイルスを模した冗談スタンプが大量にアップされていた。ウイルスがキャラ化するなんて本当に意外だけれど、若い人を中心にこういう方法で、ウイルスや自分を取り巻く環境の変化を理解しようと動いているのかもしれない。茶化してナメてるように見せかけつつも、現状に慣れていくのも、今回のような突然の変化にあたっては、必要な過程のような気がした。

タイのコーヴィッドくん（右）
（タイランドハイパーリンクス HP より）

3月18日

下降する感染者数の推移を見て、もしかしてピークアウトしたのかな？　とワクワクする度に、怪談の「牡丹灯籠」を思い出す。幽霊のお露に狙われた新三郎が、命が大事なら、朝になるまでこのお札で埋め尽くした屋敷の外へ出るな、と寺の和尚にきつく言い渡される。お露からの恐ろしい誘惑に耐え、新三郎はなんとか夜をやり過ごす。ようやく外から朝陽が差し、喜んで屋敷から飛び出した新三郎を待っていたのは、まだ暗い夜の野外だった。お露は術を使って朝になったと見せかけ、新三郎をお札の護りの外へとおびき寄せたのだ。当然命を取られる新三郎。夜が明けたと思ったのに、外に出たらまだ夜だった。この絶望感は時代を超えても色鮮やかに胸に染まる。

外はこんなに晴れて、静かで穏やかな春の陽気、ウグイスも鳴いて、桜も咲いているのに、外出するとキケンなんて、本当に不思議な話だ。

日本の昔の怪談には、隙あらば命を取ろうとする幽霊がよく登場するが、美人な女性の霊が多い。先ほどの「牡丹灯籠」でも、艶やかな牡丹で彩った灯籠を携えて狙いの男性の元に通うほどの、色気のある幽霊だ。見てすぐに恐い幽霊や妖怪もいるが、思わずふらふらと寄っていってしまう、魂抜く系の魔の者もいる。西洋だとドラキュラなどは、タキシードを着たスマートな外見で描かれることが多いが、彼も己の魅力で命を取る系に分類できそうだ。

あくまでフィクションの世界での話だが、もし今回のコロナウイルスが擬人化というか、魔の者として描かれるとすれば、その姿はどちらかというと、「牡丹灯籠」のお露やドラキュラ寄りではないかと思う。疫病というと、死神や骸骨での表現の方がしっくりくるが、今回の場合は、人と人とが接触すればするほど広がっていくので、その姿は一見魅力的で、人を表へ誘い出す吸引力が無いといけない。いかにも健康そうな、薄着で白い歯の、とても明るい笑顔をした子が、窓の下に立ち「遊ぼう！」と誘ってくる、新種の魔物の姿が思い浮かぶ。

3月20日

聖火が日本へ到着。

アメリカで大統領が会見するニュースが日本に伝わるのが真夜中で、目覚ましも無しに夜中3時ごろに起きてスマホを開いてニュースを眺めるのが数日続き、こんな生活習慣は良くないと自戒する。今までは気づかなかったけれど、小説や映画で度々舞台となるニューヨークが自分に与える影響は大きかったようで、一度も行ったことが無いのに、セントラル・パークに医療用テントが並び始めた映像を見ると、ショックを隠せない。あこがれだった街が、どんどん病に蝕まれていく。

3月24日

最近は目覚めてすぐは普通の気楽な気持ちだけど、何秒か経つと、

(そういえば重大な事態が起きてたんだっけ……あ、コロナか)

と思い出してから一日が始まる。不安で憂うつな気分だ。朝起きたとたん目に飛び込んでくるように桜の木の鉢を買って寝室に置けば良かったなと、もう散り始めの今頃に思いつく。

オリンピックの延期が決定。実際に観戦し、感想を新聞に寄稿する仕事を受けていたが、そちらも延期に。まだどうなるか分からない時期に、「オリンピックの観戦チケットが当たる！」などの文言の入ったCMをよく目にしたが、その度に胸がざわざわしていたから、決定して残念だけど、少しほっとした。

ずっと家のなかにいるのに、散漫な意識が空気中に塵みたいに漂っている。夕方の6時くらいにはやりたいことが無くなるから、風呂に入って9時過ぎには寝てしまう。翌朝6時半に起きるともう朝陽が出て、冬の間の夜明けのきつい冷え込みも無くなっている。春の予感。

3月25日

イギリスのチャールズ皇太子も感染した。国内でも国外でも、地球上に存在する数少ない、私でも知っているレベルの有名な人物の名前が相次いで挙がるようになり、そのものすごい確率を考慮して国内の感染者数を見ると、いまいち少なすぎる気がして疑問が残る。

夕方、都知事の会見を見る。オーバーシュート、ロックダウンなど聞き慣れない言葉が飛び出し、漢字四文字で言うと何だろうと調べたら、感染爆発と都市封鎖が当てはまるようだ。最近他県から引っ越して、大学生の頃以来に都民になってから初めて、都知事からお願いされることが「ステイホーム」に

なるとは思ってもみなかった。

東京は人口が多いので感染拡大リスクは高いなとは思っていたけれど、とうとう感染者数の増加具合にも顕著に現れてきた。都市の脆弱性は、日々猛烈に稼働しているために急には止まれないところにある。だが、たとえば地震が起こり、建物が崩壊して交通機関がストップしてしまえば、稼働を止めざるを得ない。

しかし今回のように街の風景の見た目は以前とまったく変わらず平和で、目に見えない極小のウイルスが蔓延する状況だと、そこで働く人間も、危なくないかなと疑問に思いながらも今まで通りの生活を続けざるを得ない。東京の、特にターミナル駅周辺の繁華街は「眠らない街」という言葉が大げさでないほど、昼も夜も活動する人々で溢れていた。真夜中でも夜明けでもどこかの店は必ず開いているし、風邪ぐらいでは会社は休めない、というのが常識だった。ちょっと忙しくしている間に、ちょっといつもと同じ日常を続けている間に、感染症は急激に予想もしない方向に世界を変えていった。

3月28日

あんまり運動せずにいるうちに、また上半身だけで生きてる感覚になってきた。目鼻口耳のついた頭部や手先の神経に能力が集中し、お腹や脚がご無沙汰になっている。お腹や脚をただの自分を動かすためだけの道具ぐらいにしか思わないでいると、途端に動きが鈍り、怪しい肉が不法滞在し出す。

伝わる情報が悪化していくなかで、ある程度はさらに悪い事態も覚悟しなければいけないのかなと感じた。外は暖かく花は咲きこぼれて春うららか、こんなのどかな日に覚悟しなければいけないなんて。

テレビを見ていて、コロナのことがある前に撮ったＶＴＲやＣＭが流れると、本当につい最近、情勢が変わったんだなぁと思い知る。地震のときには一斉に切り替わった番組編成が、いまはじわじわと切り替わって、その分時間の流れがリアルに伝わってくる。

自粛が終われば街へ出たいけど、そのとき、マスクだけではなくさらに装備を深めても浮かない、異様に映らない雰囲気になってたら良いのにな。

まず着ている服からして、近未来的に素肌を全部覆えるデザインのものが流行ってほしい。昔の人が想像した未来人のような格好というか。顔面はもちろん頭髪まで、今から海にでも潜るんですかというようなスキューバダイビングに似た格好で、うろついても通報されない世の中になっているとうれしい。

こんな格好で外出したい

顔部分は窓のような透明なマスクで全て覆いたい。首から下は、伸縮性や機能性の高い、スポーツウェアのような素材で、ただピタピタだと身体の線が分かり過ぎるので、その辺りのごまかしもきくデザインだと、ありがたい。脱ぐときは羽化する虫のように背中からベロリとめくれて、抜け殻のその服を消毒できる装置が家の前に欲しい。

3月30日

使い捨てのものを使い捨てるときに、躊躇する気持ちが芽生える。何かを買うためには外出したり、誰かに頼まなければいけないが、すると感染のリスクは上がる。これから物が手に入りにくい世の中になるかもしれない。化粧水のコットン一枚を剥がして二枚にして、そこからまた二つに裂いて、計四枚に分けて使ってみた。一回に染み込ませる化粧水の量を減らし、パッティングを複数回に分ければ、四分の一の面積のコットンでもいけた。

ペーパータオルでさっと拭いて捨てていたのを、布巾に変えて、口の周りなど拭くのをティッシュからハンカチに変えた。家のなかでハンカチを持ち歩いたことは無かったが、お尻のポケットなどに入れておくと、ふとしたときに便利だ。もともとハンカチは好きで、気に入ったものは置いておくので小学生の頃から使っていたものもある。

ただ外出の際に持ち歩くハンカチは、どうしても吸水性を一番優先してしまうので、タオルハンカチが多かった。アイロンを当てた美しい花柄のハンカチで手を拭いたあと、まだ濡れているのを発見すると、どうしても落ち込むからだ。タオルハンカチは水分を拭き取るという点に関しては必ず期待に応えてくれるが、刺繍の入った薄いハンカチに比べると外見の繊細さが劣る。

これは綺麗だけどあんまり水を吸わないからちょっと……と簞笥の抽斗の奥に眠っていた気に入りを取り出して、家で食事やコップについた水滴を拭き取ったりするのに使っている。これくらいの役目なら、薄いハンカチでも楽々と果たしてくれる。

4月〜6月 ……… 外に出る勇気

4月1日

政府から和牛券、お魚券、旅行券などが国民にむけて支給されるのではないかといううわさが飛んでいた。もしかして、と思い、図書券で検索してみたけれど、それは無かった。たしかに旬とか鮮度とか本はあんまり関係ないからなぁ。おうち時間応援にはなるとは思うけど。

緊急事態宣言が出るかもしれない、と少し前からうわさされていて、少しそわそわする。緊急事態かそうではないかと言えば、ずいぶん前からそんな気がするけれど、公に宣言されるのとされないのとでは、心の持ちようが違う。

もう夕方。エイプリルフールに緊急事態宣言が出たら、ホントかウソか分からなくて混乱しそうだなと思っていたが、今日は何事もなく終わりそう。感染者発表に世界各国の有名人の名前が並んだり、嘘だよねと目を疑うニュースが本当だったりするいま、どのニュースがフェイクか見抜ける自信がない。発信側は事実だと思って伝えても、のちに信憑性が薄かったのではと気づくパターンもある。世界各国から発表される、感染者数をはじめとした諸々の数字も、正確かどうかは分からない。どこか一部で起こった災害や事故ではなく、人間全員がかかりうる病気だし、正確な数字をすぐ発表するのはなかなか難しいだろう。またコロナにともなう兆候や症状、感染経路なども、世界中から色んな報告が集まってるけど、流行りだしてからまだ日の浅い病だから、データは少ないはずだ。

今は、盛りだくさんで更新されていく情報のどれを信じるか、自分で判断するしかない。信用できそうな情報のなかにも、楽観的なものから悲観的なものまでがグラデーションを描き、どれくらいの濃さを信じるのか、人によってそれぞれ違う。

4月2日

湿度60%、気温22度を保つとウイルスが不活性化する、という情報をとりあえず信じて、湿度計と温度計を見ながら、ヒーターと加湿器で調節する。まだ肌寒く乾燥しているので、普通の状態だと気温も湿度も理想にわずかに足りない。稼働させてから小一時間ほどすると整ってくるので、その辺りでベッドに入り寝るようにした。

ウイルスに対して効いているかどうか、目に見えないから分からないが、普通に寝ざめが良い。起きてすぐに感じる乾燥による喉の痛みや、ヒーターのつけすぎによるのぼせた状態、湿度が高すぎて逆に息苦しくなる感じが減った。人間にとって快適な部屋なら免疫力も上がるはずだ。

郵便物をポストに入れるために外へ出ると、道には普通に人が出歩いていて驚く。でも自分もその出歩いている人間のうちの一人だ。

4月5日

冬から美容室へ行ってないので、家族全員の髪の毛が伸び放題になっている。私や息子もずいぶんむさ苦しいが、生まれてからずっと短い前髪で過ごしてきた夫からすると、毛が目にかかるのが、うっとうしくてタマランようだ。

前髪を伸ばすのはたしかにだるい。眉毛を越えて目にかかる時期が、視界にも皮膚感覚にも見た目にも、とにかくキツイ。いっそ前髪をゴムでひとくくりにしてちょんまげにしたくなる。

伸び放題

でもうざったいのをどうにかこらえて、目を越えて鼻の下まで伸びてくると、次は逆にすっきりしてくる。前髪が消えるのだ。いや、見た目としては存在するが、根元からぱっくり分かれる場合が多いのでのれんを開けて店のなかに入ったあとのような、ようやく沼から這い上がった爽快感がある。耳にかけられるほどにまで伸ばすと、ほぼ存在を感じない。

夫が髪の長いサッカー選手がよく使っている、おでこに巻く紐タイプのヘアバンドを買ったので、家族全員でつけることにした。

「神々の遊びみたいだね」と夫が言うので、なんのことか分からなかったけど、勧められてモンスターエンジンというコンビのショートコントを動画で見たら、確かに似ていた。キリストの茨の冠を、ヘアバンドで表しているようだ。

4月6日

国内の一日の新規感染者数248名、東京都の感染者数83名。

日本ではまださほどコロナウイルスの広まりを見せていない頃、他国で感染者数が発表されて、その国の人たちが数字の増減に一喜一憂しているのが、〝医療現場も混乱しているだろうから、それほど正確な数字でも無いだろうに、なんでそんなに気になるんだろう〟と不思議だった。でも今、毎日都道府県別の感染者やその他の人数が発表されると、自分も毎日チェックしている。先行きの分からない状況で、なんでもいいから何か指標が欲しい。あのとき分からなかった他国の人たちの気持ちが分かる。

あまり正確な数字ではない、検査を受けてなくても感染している人はおそらくたくさんいるのだろうと分かっていても、数が増えていればおののき、減っていれば嬉しい。

4月7日

ついに七都府県に緊急事態宣言が発令された。海外のような都市封鎖は行わず、公共交通機関は維持するらしい。人との接触を最低七割、極力八割削減を目標として、「密閉」「密集」「密接」の「三密」を避けるのを心掛けて感染拡大を防止する、とのこと。この三密という言葉は覚えやすく、文字の雰囲気がかもし出す雰囲気と内容が合っていて、すぐ覚えられる。三つの密を避けましょう、というスローガンも、ミッツのミツ、と語呂が良い。

ソーシャル・ディスタンスは、海外から直輸入された言葉らしさが出ていて、三密にくらべると、少し分かりにくい。〝ソーシャル〟も〝ディスタンス〟もなじみのある言葉だけど、その二つが合わさると「?・」となる。日本語に訳すと、社会距離拡大戦略となるらしく、たしかにこれは長い。感染防止距離、では物足りないのだろうか? 感染対策だから、練りに練った新語を作っている時間は無いけど、これからずっと使うのであれば、できるだけ覚えやすいものが良い。

4月10日

モダンホラーの巨匠、アメリカの作家スティーブン・キングが、最近盛んにツイートしている。現実がまるで彼が描いてきた世界のようになっているせいかもしれない。アメリカ国内でのトイレットペーパー不足を皮肉ったツイートを連発している。彼の小説にも箱ティッシュの「クリネックス」がよく出てくるから、ティッシュとかトイレットペーパーとかが気になるタイプの人なのかもしれない。

印象に残った彼のツイートが、こちら。

People writing novels (including me) set in the present are going to re-think a great deal of their works in progress. To quote Bob Dylan, "Things have changed."（3月21日）

私を含め、現代を舞台にした小説を書いている人は、今書いている作品の大半を、再考することになるだろう。ボブ・ディランの詞を引用すると〝状況は変わった〟。

このツイートを読んでから、書いている長編をみんなボツにして、ものすごい勢いで今回のウイルスに絡んだ長編を書き上げてゆくキング氏が思い浮かんで頭から離れない。ブルドーザーのごとく勇猛に稼働しているかもしれない、頼もしい彼の姿を思うと、私もいま書いているコロナが出て来ないままの小説を変えた方が良いのかなと迷う。現実離れしたユートピアを書きたかったわけではなかったから。でもこうなる以前に書き始めた小説を、時勢を受けて変更するのも、書きたいこととは違う気がして、結局そのまま。

現実の世界で起きることがゆるぎない事実であると同時に、空想の世界も実は同じくらい、その世界なりのゆるぎない事実を抱えていて、それが崩れると、致命的な綻びが出てくる。物語内での雰囲気があっさり変わってしまう。

第二次世界大戦中でも優雅な四姉妹の生活を書き続けた「細雪」の谷崎潤一郎のような創作スタイルもある。戦時中、世の中の動きよりは自分の内面に重きを置いて苦悩を書き続けた太宰治も、どちらかと言えばこのタイプかもしれない。

どちらの作家の小説も、読んだ当時は〝どうして戦争のような大変な出来事が起こっているときに、ほとんどそれに影響されてない小説を書くんだろう〟と不思議だったが、今だと、なんとなくその気持ちも分かる。理由は単純で、おそらく時勢と自分の書きたい主題とが嚙み合わなかったのではないだろうか。そのこだわりが放つ普遍の強い輝きが、当時だけでなく現代の読者も引きつけている。

コロナの騒ぎが起こってない世界の話を書いていると、現実逃避もできて楽しいけど、書いている最中もちらちらと現在の情勢が頭をよぎる。書き終わったあと日常に戻るときの時差に似たものを感じて少し疲れる。

4月12日

アメリカのコロナ感染死者数が、世界一になった。いまのニューヨークが、二週間後の日本の姿だと言われている。ニューヨークは憧れの大都市だったが、自分からはかけ離れすぎて、手の届かない存在に感じていた。それなのに、こんなときにかぎってニューヨークと自分の住む場所が同じようになるかもしれない、と言われることになるとは。セントラル・パークと同じように、東京の大きな公園にも急ごしらえの医療用テントが設営されるのだろうか。

自粛期間が長引くにつれ、思ってもみなかった変化が自分自身にも起きている。緊急事態宣言が終われば元に戻るのかもしれないけど、前はネイルに凝るのが好きだったのに、いまはなぜ爪に色をぬったり絵を描いたりしていたのか、思い出せない。家にずっといるからだろう。ごく小さな面積、しかも日を追うごとに伸びて様変わりする爪という場所にかけていた情熱が、いまは遠いところにある。

ひさしぶりにポーチの中身を見たら、見覚えあるけどなにに使ってたか思い出せないスプレーが出てきて、商品名を見たら、外出先で口に噴射するタイプのマウススプレーだった。そういえばシトラスの味でほろ苦かったなということと、一日に二回くらい使っていたことを思い出し、なんであんなに小まめに吹きつける手間を惜しまなかったのだろうと不思議な気持ちになった。いまはマスクに毎度アロマスプレーをシュッしていて、スプレーのノズルを向ける方向が、内側から外側へ変わった。

4月16日

緊急事態宣言が全国に拡大。不要不急の帰省や旅行、都道府県をまたいで人が移動することを絶対に避けるように、とのこと。県境を意識したことはいままで無かった。京都にも帰れなくなるのが、地震や台風や新幹線の事故ではなく、こんな理由とは。

県またぎは禁止、新幹線にも乗れないのかと思うと、故郷やそこに住む親族とつながっていた、見えないへその緒が一時的に切れて心もとない。いつでも帰れるという事実が下支えしていた安心感は大きかった。京都住まいの親族は元気にしているようで安心した。あちらもあちらで、報道される東京の様子を知っていたので、心配してくれた。観光地に人はほとんどいないそうだけど、あの嵐山に、先斗町に人がいないなんて、いつも賑わっていたころの様子を知っていた自分としては信じられない。

清めすぎ。
どれほど清めてくれるのか

　去年京都の鞍馬寺で買ったおみやげ「清め杉」がこのご時勢にはご利益ありそうだったので、しまっていたのを使うことにした。こちらは杉の粉で、お香として焚くといいらしいが、小袋に入れ替えてお守り代わりに持ち歩くことにする。

　原稿を家で印刷するために、モノクロ印刷専用のレーザープリンタを購入。以前から勧められていたのに買わずにいて、使ってみて反省。これは確かにもっと早く買うべきだった。しゅっしゅっしゅっと小気味よく素早く印刷され、出来上がりの印刷済みの紙束は、焼き上がったパンみたいに温かい。

4月18日

　朝から雨。ピキンとした痛みが首から背中に走り、パソコンのキーを叩いているのが耐えられなくなり、ベッドに横たわった。なにが原因か、長年にわたってこの痛みと付き合ってきたから分かる。

運動不足。

在宅業のメリットは、朝起きてパジャマのまま仕事開始できるところにある。睡眠の間に、脳のバグ修正が済むのか、起きてすぐが一番冴えていて、昨日どうやっても思い浮かばなかった小説の一場面が出来上がっていたりする。とりとめのない夢を見ることで、脳内が整理されるのかもしれない。このモードはほんとに短い一瞬で、うかうかコーヒー作ったり、スマホチェックしたりしているうちに、影も形もなくなって、頭は通常のややトロンとした状態に戻る。

しかし仕事に入るまえにストレッチや軽い運動をした方が、体調は断然良い。緊急事態宣言が出てからというもの、外に出ずにほとんど家にいたら、気持ちの面では穏やかだったが、どんどん身体を動かすのがおっくうになり、簡単なストレッチさえしなくなっていた。いまは首や肩が痛くなったからといって、あんまや整体に行けるわけでもないし、自分で治すより他ない。おそらくストレッチポールや首回し体操をやるだけでも、いくらか状況はましになるはずだ。

いま、ジョギングをしている人たちはマスクをつけているそうだ。けっこう息苦しいと思うけど、それでも走らずにはいられない人がいる一方で、予防のために家からは出ないけど、そのせいで首を痛めてる私みたいな人間もいる。今回の緊急事態宣言で、健康に対しての考え方や対処法が、人によってずいぶん違うことに気づいた。ある人は肉体的な健康よりも精神的な健康を重視したり、心配性の人もおおらかな人もいて、そのどちらも自分がいままで得た人生経験を糧にして、一生懸命自分なりの答えを出そうとしている印象を受ける。

4月20日

運動不足を解消するため、ニンテンドースイッチの「ジャストダンス」というソフトを使って身体を動かすことにした。主に洋楽のヒット曲がたくさん入っていて、テレビ画面に映るダンサーと同じ動きをしてポイントを稼ぐ。

　曲のリストのなかに、

「A Little Party Never Killed Nobody (All We Got)」

というファーギーの曲が入っていて、踊っていたら、この題名について色々な思いが浮かんだ。

　この曲は２０１３年公開の映画「華麗なるギャッツビー」の挿入曲で華やかで豪奢な大騒ぎのパーティーの場面で流れる。１９２０年代のドレス姿に身を包んだ人々が、どこか現代風に洗練されたパーティーを画面いっぱいに楽しむ、圧巻のシーンだ。

　こちらの題名に入っている単語の kill は、ストレートな意味の〝殺す〟ではないらしい。サビの部分をおおまかに訳すと「小さなパーティーでは物足りない、だから私たちは倒れるまで踊りつづける」という感じらしい。でも今は、この小さなパーティーが思わぬ意味を持つことになった、コロナ禍でこの題名を見ると、短時間のうちにずいぶん遠くまで来てしまったなと感じる。

　気のおけない間柄の人たちと集まって、おしゃべりしたり、飲んだり食べたりする小さなパーティーは、罪のない、最上の楽しみ方だった。でも今は「A Little Party Killed Somebody」の時代になってしまった。親しい人と会って悲しい結果を残したかった人なんて、きっと、誰一人としていない。だれも悲しみを呼ぼうとして集まったりしないのに。

4月22日

　自粛期間中、息子が配信のドラえもんのアニメや映画を何本も観ている。作品の年代は問わず観ているせいか、大山のぶ代さんの声も聞こえてくる。言葉づかいに影響を受けている。ほめるときは「お見事だね」「よっ、色男」、部屋を出るときは「ここは引き上げるとしよう」。叱られると、「ガクリ」と言ったあと頭(こうべ)を垂れて、「人生だなぁ」とつぶやく。

昭和生まれの親が思わずホロリとする、懐かしワードを使う四歳児だ。制作年代を問わず鮮明な画質で再生されるのに、驚く。自分が子どものころは古いものが観られるとすれば、テレビ番組の再放送に限られていた。

4月25日

ずっと家にいると、すべての用事が早めに終わり、とくにしたいこともないので、すぐに手持ち無沙汰になる。そして早めに寝て早めに起きて、一日がすっきりと短く平坦に感じる。

さっ、おフロわかそか、と思うと、まだ15時だ。

さっ、寝よか、と思うと、まだ21時。

コロナ流行以前は、夜中の1時2時に寝ていた夜型だった。早めに床に入っても、完全に気分が落ち着いて眠たくなるまでに時間のかかるタイプだった。外出によって得ていた刺激というのは、相当なものだったのだろう。新しく行く場所、新しい景色に触れるときの高揚と緊張、出会う人たちから受ける個性豊かな波動。多くの様々な感情を持った人たちがどっと溢れる、街なかの雑踏、レストラン、レジャー施設、居酒屋。そんなものをいっぱい吸収してから帰宅すると、興奮して深夜まで眠れなくなる。脳の処理が追いつかない。

家にいても家族との会話やニュースやネット、小説や映画などから刺激は受けるが、やっぱり外出の刺激には追いつかないようで、熱が冷めずずっと眠れないもどかしさは無い。

以前に「人とたくさん話した日は興奮して眠れない」と言っている人がいて、ずいぶん繊細なんだなぁと思ったけど、いままで気づいてなかっただけで、そういう現象は自分にも起こっていたようだ。外界から受ける刺激は何よりの成長の糧になるだろうけど、その分自分なりの調和が薄く削られていく。

4月27日

米国防総省が「未確認の飛行現象」の映像を公開した。その映像三本のなかには（ＵＦＯかも？）と見える不思議な物体が映っている。今月初めのエイプリルフールの折に、ウソはウソでも宇宙人襲来のニュースとかなら、古式ゆかしいフェイクニュースって感じで楽しめるかも、とうっすら思っていたのだが、本家からこのニュースが舞い降りて、戸惑っている。

なぜ今……？

未確認飛行物体に関しては、子どものころから興味があり、いまではめっきり見かけなくなったテレビでのその種の検証番組などは、どきどきしながら観ていた。手をつないでサークルを作り、宇宙に向かってＵＦＯ来いと念じてみたかったけど、仲間が見つからない、そんな子ども時代だった。

だからこの映像は本来なら大きな興味を持って色々調べたりするが、いまはそれどころじゃない感じがすごくある。遠い宇宙からの来訪者よりも、鼻の穴から入ってきて感染させる、極小の来訪者の方が気になる。仲間を見つけられなかった子ども時代とは違い、いまでは未確認飛行物体が好きそうな知人も何人かいて、話し合ってみたいけど、このご時世にこの話題をふるのは、どうなのか。

全国の本日の感染者数が１８３人、東京が41人まで減った。１００人を越える人数ばかり見てきたから、ずいぶん少なく感じる。ゴールデンウィーク前に気持ちを緩ませるな、検査数が不十分だから数字が減っただけじゃないのと、世間では厳しい意見が多い。確かに、とは思いつつも、いまはとりあえず単純に嬉しい。同じ町に住む多くのほかの住民の人たちがどんな暮らしをしているかは、違う家に住んでいるからよく分からない。でも段々減っていく数字を見ていると、無言の忍耐の連帯感を感じる。人々の底力は派手ではない形で、植物が土に根を張るように着々と発揮されている。

4月29日

マスクは品薄のうえ、買えたとしてもびっくりするほど高額。家探しして、無造作に棚にしまっておいたマスクを発掘するたびに、ちょっと前までは百円ショップでたくさん買って好き放題に使っていたなと思い出す。こんなにもモノの値段が流動的になるのを、いままで体験したことがなかった。使い捨てマスクの再利用は危険だからやめた方が良い、という常識が、意外と洗濯や煮沸消毒でなんとかなる、とされたのも衝撃だ。家探しの過程で、プライバシーは守れるけど、大切な場所が守れないマスクも発見。こちらのマスクを使う日は来るのだろうか。

　外出時のマスクは必須。分かっていても、こうもマスクが貴重だと、ケチる気持ちが出てくる。たとえばほんの少しの移動距離で、誰かと会う可能性がごくわずかな場合でも、マスクはつけるべきなのか？　と。近所だしゴミ捨てに行くだけだし、だれとも話さないだろうけど、偶然誰かとすれ違うか

じゃない方のマスクが見つかる

マスクをつけようか悩む異国の人

もしれない。でもマスクが貴重だからこそ迷う。

ストレスも感じるけれど、いま同じ葛藤を抱える人は、日本だけではなくたぶん世界中に何人もいるだろうと想像すると、少し気がやわらぐ。今回の出来事は世界じゅうの多くの人たちとの共有体験でもある。世界じゅうの人たちが未知の感染症を前にして、分からないなりに奮闘しているのだろうなと思うと、自分もがんばろうという気になる。マスクを消費するか迷うとき、一見自分は孤独だけど、リアルタイムで同じ体験を全世界と共有しているのを思い出すと、一人じゃなくなる。

4月30日

自粛中のゴールデンウィーク、なにか思い出に残ることをしたいとペンキで家具をぬり替えた。最近のペンキは臭いもきつくないし、乾いたあとの仕上がりもとてもきれいで、大きめの家具でもネイルより簡単に塗れた。たぶん自粛期間が無ければこんなことも知らずに過ごしていたはず。

手についたペンキは洗えば簡単に落ちる。石けんで手を泡だらけにしながら、つくづく石けんが品切れにならなくて良かったなと思った。もしコロナに効くワクチンや特効薬が見つかれば、すごい発見だろう。でも石けんも本当にすごい。とても簡単かつ安価なのに、日常的にたくさんの人の命を救っている。品薄にもなってない。くるくる手のなかで回して泡立てるだけの動作さえめんどくさがっていたのが、申し訳ない気がして、ずっと使っていたポンプ

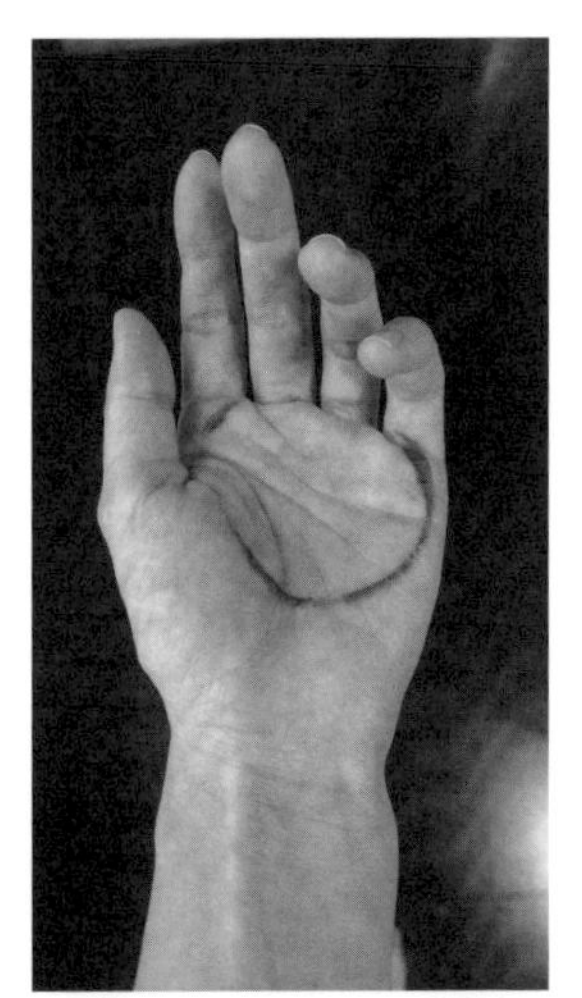

乾いてないペンキにさわった

式の液体ソープを固形石けんに変えた。

泡が水と共に流れて排水口に一気に吸い込まれていく音も、地味に良い。シュボボ、と音が聞こえると、なんだかさっぱりと、清潔な気分になれる。ヘアサロンで洗髪してもらうときにあの音をごく耳のそばで聞くたびに、いいなぁと思っていたけれど、よく考えれば手洗いのときにも毎回この音が聞ける。

5月1日

緊急事態宣言、ちょっとは延びるんじゃないかな、ま、覚悟はしておけ、という感じの日々が続いている。このなんとなく伝わってくるニュアンスは、規模の大きい都市伝説のようで、当たったり外れたりしながらも、社会全体の総意を感じる。テレビの報道やネットの世論、感染者数などを総合して、人々が「ま、すぐの解除は無理だろうな」という諦めをじわじわ共有してゆく。

散歩がてら久々に外出して街を歩く。家にこもっているうちに、気候はがらりと変わり、気温もずいぶん高くなって、まだチビだけど元気いっぱいの初夏が太陽を輝かせている。

路上の人通りは本当に少ない。いつもにぎやかな場所に人がいないことで、東京の街は思っていたよりずっと古い建物が多いことに気づく。新築でスマートなビルとビルの間に、昭和の香りがするビルが健在で、他の県の街だと年数が経った建物は自然と人の出入りも少なくなり、過疎ってゆく印象があるが、たくさんの店舗を抱えてまだまだ現役だ。

しかしいざ人がいなくなると、建築年数は一目瞭然だ。一つの筆箱に、子どもと両親と祖父母の文房具が収まっているような、不思議な街並みが広がっている。

ガタンゴトンと音がして見上げると、鉄橋の上を走る電車にほとんど人が乗っていなかった。それでも信号待ちしている間だけで二本も通る。こんな天気の好いゴールデンウィークに、普通なら賑やかに混んでいるはずの電車、今日も混んでるとうんざりするほどだった電車が、ほとんど人を乗せないで行き来している。静かでさりげない風景に、じんわりと衝撃を受ける。私も早く帰ろう。

5月2日

いま、みんなは何をしているんだろう。街がしーんとしているだけで、こんなにぽっかり取り残された気持ちになるとは思わなかった。渋谷や新宿の定点カメラには人通りがめっきり減った交差点が映っている。群衆が消えたのを確認すると、コロナウイルスも減りそうでほっとすると同時に、今まで見知ってきた街とは全然違う場所に見えてくる。人と車の往来が無くなり、店がほとんど閉まっただけで、これほどひんやりする街に自分は住んでいたんだ。巨大なビル群やひしめき合う広告塔などが都市を都市たらしめていると今まで思っていたけれど、こうなってみると、気忙しく日々行き交う人々の姿こそが大都市の真髄だったのかとも思う。

5月3日

ちょっとずつ現実感が失われて行く。朝起きた瞬間の、日常と非日常の間に放り出されたような、無重力の浮遊感が一番こたえる。すべての予定が消えた今、今日は何をしようか。スマホの調子が悪い。前のが壊れて冬に買い替えたばかりなのになぜだろう。ネットを見る時間が長すぎて、寿命を縮めてしまったのか？　と思いながらスマホを消毒液をつけたティッシュで拭き拭きしていたのだけど、はっとして手を止めた。

もしかしてこれが原因か?!

手指を清める延長で消毒液をスマホにも使っていたけど、専用の除菌シートではなかったため、知らず知らずのうちに隙間や開口部に液が入り込んだのかもしれない。もしそうならコロナが流行り始めてから次々とスマホの調子が悪くなったのにも合点がいく。

アホか？　自分……。

真相は分からないけど、とりあえず今までの清め方は廃止して、UVライトで除菌するタイプのスマホ用の消毒ボックスを買ってみた。これはスマホを日焼けサロンのマシンのような本体の中に入れて蓋を閉め、紫色のUVで殺菌されるのを待つタイプで、簡単手軽なうえ、すぐに終わる。ただ〝殺菌完了です〟と言われても目に見えるものではないから、若干不安は残る。しかしスマホにとっては負担の少ない方法だろう。

よく考えればスマホは生活のなかでしょっちゅう触る上、通話のときは頬にあてたりするのだから、コロナうんぬん以前に清潔であるに越したことはない。

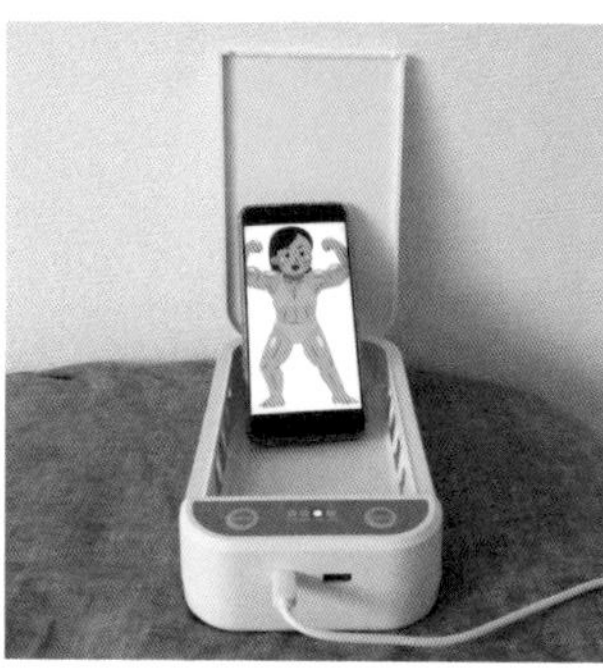
スマホの日サロ

5月4日

緊急事態宣言が、従来のゴールデンウィークの最終日である5月6日まででではなく、5月31日まで延長になる。延びる気はしていたから、あんまり衝撃は無いけど、こんなに国中が長い期間休んでいて、果たして大丈夫なのかな、たぶん大丈夫じゃないことも起きるんだろうな、と漠然とした不安は感じる。感染者数は減ってるけど、事態収束のための延長とのことだ。前向きな気持ちで臨めば時間が過ぎるのも早いはず。

5月6日

スーパーにときどき牛乳を買いに行く以外は、本当にずっと家にいる。こんなに疲れないゴールデンウィークも久しぶりだ。自分は自由業だし、大型連休といっても締切が無くなるわけではないしであんまり関係ないはずなのだけど、ゴールデンウィークと聞けばやたら何かしたくなるのは世間と同じで、渦中に飛び込んで、毎年きっちりと騒がしさに巻き込まれていた。

みんなが一斉にお休みを取り、やれ海外だ、やれ故郷だと出掛けて、すぐに慌ただしく帰ってきて、ラッシュだ渋滞だと気をもむ度に、さすがにもう少し効率の良い方法があるのではないかと疑問に思ったりもしたが、いざ外出自粛一色となると、少し寂しい。テレビでは毎度おなじみの、空港にいる海外への家族旅行で疲れ切っているお父さんへのインタビューも無い。

5月7日

一日の国内新規感染者数が１００人以下になった、これはうれしい！　外出自粛要請後、感染者数はどんどん減り続け、目に見えた効果が出ている。成績というのは大体増えると上がるものが多いけど、今回は減ると上がる。消極的なアプローチにも思えるけど、数字で自粛という作戦が効いてるのが目に見えて分かると、コロナウイルスをその分殲滅(せんめつ)しているのだと励みになる。

コロナについてもっと深く知りたい、と色々調べてみるが、調べれば調べるほど分からなくなる。紫外線に弱いという情報に、お日様が照る夏ならコロナがすっかり消え、めでたしめでたしとなりそうだと胸をなで下ろす反面、常夏の国でもあんまり収まってないデータを見つけたり。

考えてみれば昔からあるはずの風邪だって全貌は解明されてなくて、現代でも簡単にかかる。今回のコロナにだけ完璧な解明や解決方法を求めるのは難しそうだ。

5月9日

食料を買いに行くと、外に出てる人は少なくて、いつもは何人も信号待ちをしている大通りの横断歩道も空いている。対岸で待っている人たちはみんなマスク姿だ。

スーパーの帰り道によく通りかかる公園は、ゴールデンウィーク直前は人がかなり少なくなっていたものの噴水は噴き上がり、桃の木の花が、濃いピンク色のぼんぼりに咲きみだれて美しかった。ほぼ無人の公園での噴水ショーは、胸にくるものがあった。しかし次の週にまた前を通りかかると噴水は中止になり、日を置かないうちにまた通りかかると、今度は公園自体が感染防止のため入れなくなっていた。

都会には〝人がいっぱい来るから〟という理由で、花壇や庭木をきれいに整えている施設や道が多い。人が街から消えた今、ただ丁寧に手入れされた美しい花々の色とりどりの勢いだけが、くっきり浮き上がるように街中で目立つ。コロナ禍でもちゃんと手入れしている業者の人たちがいるから、花もちゃんと元気なのだろう。こういう細部が以前と変わらずに生きてる姿には元気がもらえる。

と同時に、人通りがあって人がお金を落としてこそ成り立っていた種類の余裕であり贅沢なのだから、このまま消費活動が停滞した状態が続けば、維持は

スーパーで何を買うか精査

か。
街の片隅に現れるのを、目撃する日も来るのだろう
難しくなりそうだ。世の中の移ろいが急スピードで

5月10日

寝室のペンダントライトを変えることを真剣に検討し始める。今ぶら下がってるのはモザイクガラスの丸いライトで、水色と青と黄色のガラスの組み合わせで出来ているから、明かりを点けると海のなかにいるような色が広がり気に入っていた。

しかし寝てるときに激しい地震が起きて、「オペラ座の怪人」のシャンデリア並みにブリンブリン揺れ始めたら危ないなと、寝る前にいつも思っていた。あんなに豪華なシャンデリアとうちの照明だと、比べようもないけれど、天井とペンダントライトをつなぐ黒いコードの長さが結構あり、一旦揺れ出したら迫力あるだろうし、割れることも有り得る。

それなのに電気配線の適合するライトを見つけるのに結構骨が折れるという理由で、いつも見て見ぬふりして目を閉じていたのだけど、今日ようやく取り組む気持ちになった。きっかけはネットで見かけた外国の人の「お風呂に入っているときに大きな地震が起きて、浴室から飛び出た自分はパンツではなくまずマスクをつけた」という投稿を読んだことだ。読んだときは共感して笑っていたけれど、あとから

ペンダントライト、
早くなんとかしないと

考えてみると、地震とコロナの両方を気にしなくてはいけない状況は確かにすごく大変だなと気づいた。

検討の末に購入したのは、笠が和紙で出来たシーリングライトだ。もし揺れて落ちても割れないのに加えて、和紙越しのやわらかい明かりは就寝前の目に優しい。

5月11日

外出自粛中で、特に何もない、代わり映えしない日々だったにもかかわらず、朝起きるとゴールデンウィークが完全に明けたのを肌で感じた。

しかしゴールデンウィーク前に締切だった仕事がまだ出来てない。まずい。

昨日発表された東京都の感染者数は20人台で、日を追うごとに減っている。もし大丈夫といわれたら、いっきに街に人が溢れ出すのだろうか？

こもっていた時期が長かったので、緊急事態宣言が解除になっても、通常通り外出できるのか心配だ。ナチュラルな雰囲気で人と会えるのか。ステイホームに気持ちを持ってかなきゃ、と積極的に読んだ深刻な感染情報がいまごろ効きすぎている。大丈夫だよーと呼びかけられても、警戒して巣穴から出てこられない動物のような心情だ。臆病な自分にようやく慣れてきたいま、自粛が終わりまるで何もなかったように外に出られるのか、少し自信が無い。もし新生活様式になじめなければ、社会からふり落とされてしまうのだろうか。

5月14日

三十九県で緊急事態宣言が解除されることとなった。東京は引き続き外出自粛だが、他の地域での成功はとてもめでたい。

今回のコロナ禍で難しいのは、ただ単に国の方針に従っていれば安心、というのではなく、自分自身の判断やある程度の覚悟も求められること。

地震の場合はとにかく机の下にもぐって頭を守り、

外に出る勇気

安全な場所に避難するとか、避難所へ行くとか、被災者たちが一律に同じ行動を取った方が良い場面が多かった。それに比べると今回は一人一人の立場や環境、年齢、職業によって対処の仕方が変わってくるので長期で自己判断する局面が多くて、その点は骨が折れる。周りがこうしてるから自分もそうする、という右へならえがあまり通用しない。唯一共通するのは、手洗いうがい、マスクの着用といった基本的な行為で、三密でさえどれくらい忠実に守れるかは、個人の置かれた状況によって変わる。

5月16日

雨が降ったらがっかりする分、少しほっとする。こんな状況じゃなくても外出できないし、と諦めがつき、家のなかで積極的に過ごせる。

外出自粛と締切間近でどうしようもないときとは、環境が似ていることに気づいた。サザエさんの伊佐坂先生もだけど、作家は締切前になると逃亡してつかまり、旅館などにカンヅメになるが、あれは外出自粛だ。前々から、ちょっと変わった職業だなと思うこと多かりきだったのだが、社会が通常に戻っても、私はセルフ自粛で原稿を仕上げるのかと思うと、ちーんとなる。締切後はたくさんの人たちにお世話になり、雑誌に載ったり本になったりするけど、締切前まではここまで個人プレーだったのかと再認識する。

5月18日

街がとにかく静かなのが家にいても伝わる。外に出たいなと思っても、みんな最低限で済ましているのだろう。外出の用事、そのどれもが不要不急ではないはずだ。一人一人の忍耐、努力あってこその静けさなのは間違いない。一緒に声を出したり集まったりして連帯を感じるのも好きだけれど、それぞれ離れた場所で、じっとこらえて我慢して協力し合うのも悪くない。むしろ一大事のときは、これが一番性に合ってる気もする。

コロナにかかると、しばし嗅覚や味覚が失われるというニュースを見た。匂いのきついものを嗅いでも、辛いものを食べても、匂いや味がぼんやりして分からないことで、自分の異常に気づく人も多いのだとか。それからというもの、香水や石鹸、乾燥したヨモギやヒノキの削りかすなど香りがするものに興味を持つようになった。

ただ、家にあった「インドの香り」という、容器にタージマハルの写真の入ったルームフレグランスを開けたのと同時に、百合の花も生けたせいで、部屋でインドVS百合の香りの戦いが始まった。つぼみを閉じていた百合の花がぱっかりと開くとき、部屋じゅうむせかえる甘い香りに包まれて、インドが負ける。花がゆっくりしぼんでくると同時に、サンダルウッドのインドの香りが勝つ。また新しい百合が花開くとインドが負けて……と、毎朝部屋のドアを開ける前に、今日はどっちが勝ってるか鼻をくんくんさせた。

どちらも個性の強い香りだけど、〝お寺にいるみたいな香り〟という共通点があるので、競り合いながらも結構良いコンビだ。

5月21日

関西が緊急事態宣言の解除を迎えた。少しずつ金縛りが解けるように列島が自由になっていく。しかも新規感染者数減少の実績を伴っての解除だからめでたい。

飲食店の営業自粛や旅行の自粛要請によって、観光地のお土産や生鮮食材が売れなくて困ってるという商品ページをネットで見つけて、牛肉といくらとカンパチを買ってみた。

刺身やお寿司はもうずいぶん長い間食べていないから楽しみだ。どれも届くのが一ヶ月先になるので楽しみに待つ。お寿司を最近食べられてないので、いくらとかたくさん丼に乗っけて、好きなだけ食べたい。

5月23日

東京都の感染者数が二人にまで減った。もしかしてウイルス根絶を目指せるのではないか。一番多いときに206人だったことを考えれば、外出自粛の大成功といってもいいだろう。

緊急事態宣言が解除になり、いざニューノーマルとなったときに適応できないと困るから、久しぶりに息子を連れて散歩した。スーパーなどのお店は入店の際なるべく一人で来るようにとお達しがあったので、歩くことしかできないけど、感染者数減少のおかげで気持ちは晴れやかだ。

街の人通りはゴールデンウィークよりもやや増えている。息子がたばこのポイ捨て禁止看板を指差し、

「たからばこ、捨てちゃいけないんだって」

と言う。

「たからばこなら、多分みんな捨てないよ」

と返事しながら、近所を歩く。中身を抜き取ったあとは、ポイ捨てするかもなと思いつつ。RPGの勇者たちが、カラになったたからばこも大事に抱えて旅をしている姿は想像できない。

5月25日

緊急事態宣言を約一ヶ月半ぶりに全国で解除。よし！　従来通りの生活の復活だ！　とまではいかな

くても、達成感と安堵が心を満たす。すでに感染者が少なくなっている国がいくつかあるが、日本もそのうちの一つに、どうやらなれたようだ。これから感染予防に気を付けつつ、経済活動を再開するという、新生活様式を日常に取り入れて行く課題はまだ残ってるけど、感染拡大の防止に向けた業種別ガイドラインが決められたとのことだから、慎重に実践すれば上手くいくのではないだろうか。

今日の記念にお酒でも飲もうかと思うけど、まだやっぱりどこか疲れているというか、やれやれとほっとする気持ちの方が大きいので、ノンアルコールのビールを一缶開けて満足した。ビールが飲めないのはビールの味が嫌いだったからなのに、まさかアルコールを抜いてビールの味だけが残っている飲料を好んで飲む日が来るとは。脂質の吸収を抑える、身体に良いノンアルコールビールという、一昔前には想像もつかなかった、健康に配慮した合わせ技。しゅわしゅわした炭酸の苦い味に、ほのかに祝杯の気配を感じる。

5月27日

自粛要請が終わったらまず何をしたいかを、在宅中ずっと考えていて、美容院とレストランが自分のなかで上位に来ていたのだけど、実際外に出られるとなると、意外とこの二つはもう少し後でもいいかという気分になった。引き続き自宅で過ごす時間は多く、夏もやって来るので髪はしばっていればなんとかなるし、レストランもまずは家にある食材を消費してからでいい。二つとも近いうちに必ず訪れるとは思うが。すぐに出かけたのはケーキ屋さんで、外出解禁祝いに、マスカットやイチゴがつやっつやの、宝石みたいなフルーツタルトを買って食べた。

あとは、諸々の手続きのために銀行。次にすごく行きたい気持ちになってるのは、美術館や博物館で、なぜなら事前予約制のチケット販売で入場者数の制限を行う所が多くなると知ったからだ。いままで展覧会に足を運んでも、作品を見に来たのか、人の後ろ頭を見に来たのか分からないくらい混んでいる場合も多々あった。こんなに人気の展示を見られるなんてうれしいなという気持ちも、あるにはあったけど、ゆっくり見るに越したことはない。ただまだ開いている施設は少なく、まだ開館の日程が未定のところがほとんどだ。もう少し待てば態勢を整えてオープンするだろう。

6月1日

緊急事態宣言の解除に合わせて、休業要請が徐々に緩和されていく兆しが見え始めた。ステップ1は博物館や図書館。ステップ2は学習塾や劇場、スポーツジム。ステップ3はネットカフェ、パチンコ屋、カラオケ店など。この分類の分け方が正しいのかよく分からないけれど、日本だけでなく世界中のデータも集まってきているだろうし、感染の実例から厳密に分類したのだろう。

ただ一口に塾やカラオケ店といっても様々だろうから、個人の判断に任せる面もありそうだ。既に許可が出ているはずのステップ1に該当する美術館でも、行きたいなと思いホームページを開いてみても、念のためかまだ再開していないところも多く、あくまで目安なのだろうなと感じる。たとえばカラオケ店と一口に言っても、それぞれ業態も規模も違うから取れる対策も店によって全然違うだろう。これからはレストランや娯楽施設のレビューサイトの採点欄に「コロナ対策」の欄も出来たりするんだろうか。コロナ対策、★四つとか。

毎日テレビのニュース番組がイラスト入りの図を描いたボードなどを駆使してアナウンサーの解説付きで、ロードマップについて詳しく説明している。テレビの説明が無ければ、毎日変わるこのややこしい状況やコロナに関する新語を理解して記憶するのは難しい。

今はもう亡くなったが、タレントで名司会者で、関西のお昼の顔だったやしきたかじんは、このボードでの説明を味気ないと辛口で批判したことがあった。どんなニュースでも口だけで説明できるほど弁の立つ彼にとっては、あらかじめ用意してあるボードに沿って説明していくスタイルは、味気なく思えたのだろう。確かにまだ見慣れなかった当初は授業を受けているみたいだなと感じたけど、やはりこのボードやら小型化した模型で説明されると理解しやすい。

２０１１年東日本大震災で福島原発の爆発が起きたとき、〝炉心溶融〟の説明を模型を使って、ニュース番組で十分弱でやってのけたときは、本当にすごいなと思った。福島原発の建屋が吹っ飛び、煙のあがる映像を、ただ驚いて見ているだけしかできなかった、なんの知識も無い文系の私に、どう考えても説明の難しそうな炉心溶融について一から説明したのはテレビのニュースだけだった。放射能がもれているらしい、大変な事態らしいとは分かっていても、何が起きているのか、なんでそうなったのか分からずにいたけど、極限までかみくだいて説明してもらったおかげで、なんとなく理解できた気がした。今回のコロナ関連ニュースでも思うけれど、たとえ付け焼刃であっても、いま日本で暮らす自分の身にどんなことが起きているのか理解できるのはありがたい。

6月3日

東京の感染者数が昨日34人になり、警戒を呼び掛ける東京アラートが、さっそく発動された。レインボーブリッジと新宿の都庁が真っ赤になったらしいが、どちらも家から遠い場所にあるので実際に見たのではなくニュース画像で知った。

救急車のサイレンのように発光する赤で中央が染め上げられた都庁は、なんだかものものしい。早く都庁内から脱出しないと、爆発しそうな気配すら感じる。お台場ではレインボーブリッジが赤く光り、さらに五輪のモニュメントが東京湾の水面を白く照らすほど輝いていて、今年の東京の混乱を煮詰めたような、忘れられない風景を作り出している。

たとえばこのアラートは新宿で飲んでいる人が酔い覚ましにふらふら歩いて、もう一軒行くぞぉーなどと騒いでいるときに、都庁が目に入り、真っ赤なのにハッとして、

「そうだ、いま世間はコロナで大変なんだった。自分も遊びまくってる場合ではない。早く帰ろう」

と酔いも覚める心地で帰路につく、そんなシーンが期待されているのだろうか。レアケースの気もするけど、危機感というのは、こういうちょっとした場面で形成されてゆくのかもしれない。

お台場アラート

6月5日

〝どこどこへ行った〟と発信しにくい雰囲気がまだ続いている。たとえばSNSなどで行った場所や会った人を公開した場合、数日後その場所で感染の報告があれば、「あなたは大丈夫だった？」と心配して訊く人が現れるかもしれない。そのとき症状が無ければ「大丈夫でしたよ」と答えるだろうけど、本当に大丈夫かなんて、自分にも分からない。無症状で陽性で元気、という厄介な可能性もあるからだ。自分の身体のことすら、検査無しには把握できない

今の状況はもどかしい。

6月8日

行動履歴、むやみに増やしてもなぁと家で長い間ぐだぐだしていたけれど、重い腰を上げて、大型施設内の書店へ行くことにした。自動ドアの入り口に係員とおぼしき人が立っている。あの頭部につけているもの、もしかしてあれは、噂のフェイスシールドじゃないか？

フェイスシールドを医療関係者などがつけている映像は見てきたけど、実物は初めてだったので、ついまじまじと見てしまった。溶接工の人が火花を散らす作業をするときにつけている、溶接マスクに似ているのかと思いきや、日焼け対策ばっちりの人がつけている鉄仮面黒サンバイザーの方に似ていた。サンバイザーと違うのは全面が透明なことで、バンド部分にはぐるりと「Face Shield」と書いてあり、そのロゴ入りなのが最近流行のブランドロゴがでかでかと入ったデザインと似ていなくもなく、想像していたよりは浮いてない。

とはいえ会社から支給されたものなら仕事中に迷いなくつけられるが、町中で自発的につけるにはマスクよりも勇気が必要そうだ。日常に溶け込むように、あともう少しだけデザインがこなれてほしい。

大型施設の入り口係の人は、入店前に手の消毒をよろしくお願いします、と消毒用アルコールスプレーを手にかけてくれた。すると指先の方が荒れて皮

しみるぜ

むけしていたのか、気づいてなかった傷口にじっくりしみた。つい最近転んで手をすりむいた息子も、モンゼツしていた。これからは手に傷をつけないように気をつけよう。

大型施設内の書店は閑散としていて、広いフロアに二、三人の客。平日の午前中だと前からこれくらいの人出なのか、それともコロナが影響しているのかよく分からない。久々にパソコンの画面からではなく実物の本を見られるのはうれしいが、なんとなく緊張する。手で触れて立ち読みするのも遠慮してしまう。

でもぶらぶらしているうちに慣れてきて、免疫特集している雑誌など数冊買って帰ってきた。ネット書店が使えるようになったときは、検索も簡単だし、本を自宅まで配送してくれるなんて、なんて便利なんだろうと思っていた。

でも緊急事態宣言で本屋さんに行けない時期が続いたあとだと、本を直(じか)に見て触って選べるなんて、なんて贅沢なんだろうと感じる。当たり前にできていたことの真価を知る機会になった。

6月16日

新型コロナウイルスへの感染歴を調べる抗体検査の結果、陽性率（抗体保有率）は東京0・1％、大阪府0・17％、宮城県0・03％。

集団免疫でウイルスをシャットアウトできたら、どれだけ素晴しいかと思うが、学校に通っていたころ、インフルエンザで次々生徒が休み、学級閉鎖を何回か経験した身としては、その道もまた険しそうな気もする。

国によってとられた対策は様々だ。各国のリーダーたちが一斉に、てんでんばらばらの方向へ向かって走り始めたようだ。コロナ撲滅という目指すゴールはどの国も同じはずなのに、不思議だ。

しかしどれが正解かは本当にわからない状況なの

で、昔の洋画「ポセイドン・アドベンチャー」のような、上か下かどちらが船底かわからないうちから、脱出を目指して歩み始めてしまったような気がしてどきどきする。

6月18日

今までは何か買うにしても、一商品ずつ買うのが普通で、まとめ買いの習慣が無かった。でもスーパーなどに行く回数を減らすことが推奨され、一回の買い物でいちどきに要るものを買うことに慣れた結果、バリエーションを揃えることの便利さに目覚めた。今までインスタグラムなどで、〝いっぱい買っちゃった〟といくつもの日焼け止めが写真に写っているのを見て、〝そんな一気に似たような商品買う必要ある？〟〝よっぽど日焼け止めが好きなのかな〟と思っていたけど、自分も三本ほど同時に買ってみたら、用途によって使い分けられて便利だった。ぬるタイプ、スプレータイプ、肌の色がトーンアップするタイプ。今までならこのなかから一つを厳選して、なくなれば次を買っていたけれど、戦隊モノ形式で様々な個性を駆使して同時に日差しと闘ってもらうと、効力がアップした。いくつもあれば場所もばらばらに、化粧台や玄関、洗面所にも置ける。使いきれるか不安だったけど、こまめに塗る機会が増えたせいで使用量も増え、大丈夫そうだ。

ならハサミも、と思ってあんまり売ってるのを見かけないから一本しか持ってなかった左きき用のハサミを三本追加でネットで買って、家の色んなところに置いたら、いちいち探さなくて良くなった。じゃあもしかして使い切るまで次を買ったことのなかったふせんも追加で買うと便利？　と思って、よく読書する場所に置いたら、すぐページに貼ることができて、読書の腰を折られない。

よく使うものの複数買いは便利。当たり前のこと、なぜ今まで気づかなかったんだろうと思うけど、消費のパターンというのはだいぶ若いころに決まり、今回のような非常事態で生活に変化がないかぎり、あとは無意識に自動的に繰り返されるのかもしれない。

6月19日

ネットを見る時間が前より増えて、みんながどんなネットサイトを見ているのかが知りたくなった。ツイッターやインスタグラム、大型掲示板などメジャーなものは除いて、じつはすごくおもしろいサイトがあるのに自分が知らなかったら損をしてる気分になる。自己紹介欄に趣味の欄はよく見かけるが、あの横によく見るネットサイトのジャンルを書く欄も増やして欲しい。初対面でもなんとなくその人となりが分かる気がする。どんなサイトですかなどとすぐに検索したら話が盛り上がるかもしれない。私の場合は、怪談系のサイトをよく見る。キョンシーに興味があるから、〝キョンシーの作り方〟の記事なんかを熱心に読んでいたりする。サイトを開くとすぐに恐い写真が貼ってあるので、会話が盛り上がらないうえ、薄気味悪いだろう……。やはりネットサイトは個人の趣味に合わせてひっそり楽しむ方がいいのかもしれない。

6月21日

東京都中央区にある浜離宮恩賜庭園へ行った。そびえたつ高層ビルに見守られる立地の、銀座に近い都会の庭園で、茎の長い紫色のしょうぶが群生していた。変わらない美しい景色があるのはありがたい。夏を思わせる陽光に、丁寧に手入れされた庭園が照らされていた。

昼ご飯に天ぷら屋に入るとまず店員さんから消毒スプレーの要請、もう慣れて両の手のひらをすぐ前に差し出す。プシューッとされる。手にある傷は完治したようで、もう痛くない。ソーシャル・ディスタンスの確保のためか、ソファ席側に二人、椅子席側に一人座って下さいねと言われ、家族でその通りに座る。

マスクを取るタイミングを迷う。席についたらすぐか、オーダーし終わってからか、料理が来てからか。また置く場所にも困る。もはやおしぼりを置く銀の受け皿を、マスク用にもう一つ置いてほしいくらい。

久しぶりに外へ出て、マスクケースがたくさん販売されている意味が分かった。せっかくだしどれか買おう。仕事をするようになってから、名刺ケースの上にいただいた名刺を置く習慣があると知ったとき、名刺ケースが座布団代わりになる可愛さにときめいた。

ただマスクは置くだけだと、せめて畳むくらいはしないと、ふわっとテーブルに置いておくのは、場所も取るし、あまりに生々しい。常時つけるようになってから気づいたけれど、マスクはハンカチよりもむしろ下着に近い。

取ると内側にファンデーションやリップがついて、しかも湿ってたりすると、これ誰にも見られたくないなぁと、おろおろする。かと言って鞄にしまい込むと次つけるとき、少し不衛生だ。取る度に新しいのに替えられたらいいけど、いまはマスクが貴重だから使ったら即捨てるなんてことはできなくて、できれば食事後にまた使いたい。その辺りの丁寧な所作というか、今後マナー本が出たら読みたい。

6月24日

都内の感染者数はかなり増えて55人だけど、東京アラートはもう赤くなってない。テレビでは相変わらず毎日速報で感染者数の字幕が出ているが、いつかこれも無くなるのだろうか。非常事態が日常にならざるを得ないなかで、ついに色んなことを〝我慢〟していた状況から〝慣れる〟方へシフトしなくてはいけないのかもしれない。

6月26日

全国で１０５人が感染。およそ一ヶ月半ぶりに新規感染者数が１００人を越えた。久しぶりに見る三桁の数字に頭が痛い。緊急事態宣言が解除される直前は東京の一日の感染者数は二人ぐらいに減っていたから、喜んでいた記憶も新しい分、がっくりくる。

みんなが家にこもっておとなしくしていた緊急事態宣言の間に、ウイルスの感染力も個々人の体内で弱ったものと思っていたが、水面下では途絶えずに人から人へ感染し続けていたのだろうか。一気に解決できれば良かったけれど、火事の火を消し止めるようにはいかないのか。最悪の局面を避けつつ、じわじわと対応している最中なのか。

一方、海外では感染者数とはあまり関係なく、水際対策緩和の動き。観光が盛んな国は規制を緩めるのが早い印象。ＰＣＲ検査や陰性証明書が必要になる国もあると聞いている。身体について、特に病気についての情報はプライバシーの最たるものだと思うが、コロナの前ではそうも言ってられないのだろう。

6月27日

Ｇｏ Ｔｏ トラベルキャンペーンという言葉をよく聞くようになった。新型肺炎により落ち込んだ旅行の需要をとり戻すため、旅行代金の一部を国が補助する策らしい。消費者としてあからさまに期待されるのは、新鮮な経験だ。意外と似たような経験がまだ経済を回すという言葉も知らなかったずいぶん昔に一度あった。

地域振興券だ。あれは一九九九年、自分が高校一年生のとき。うすい緑色の券を親からもらって、街にある個人経営の店で使えるでと言われた。ふってわいたお小遣い券をにぎりしめ地元の商店街に行った。子どもの目からも、新しく建つショッピングモールの人気が高まるにつけ、地元の商店街の客足は減り、売り上げは衰えると分かっていたから、あの券でやりたいことは理解できた。同時にこれで本当にどうにかなるのかな、と疑問にも思った。結局何を買ったのか思い出せないが……。あの頃は図書券とか、百貨店券とか、何かと券をもらう機会が多く、今でも券を見るとわくわくするし、使わなきゃ！とあせってしまう。

ＧｏＴｏに関しては券は配らないようだが、日頃は節約や貯金の大切さを意識させられる報道が多いなか、消費を呼び掛けられるのは新鮮で、いくつか国内旅行サイトを覗く。

しかしこの半年というもの、いくつもの旅行予定や近場での遊び予定が消し飛んだのが記憶に新しく、宿探しも若干気が乗らない。すぐに予約でいっぱいになってしまうからと、早め早めで一年前から立てていた国内旅行の計画が、不要不急の名のもとに、吹っ飛んで、予約した宿や交通機関を次々にキャンセルしたときのショックがまだ残っている。今回も不穏と言えば不穏である。東京の感染者数は57人、緊急事態宣言解除後、最多だ。

6月28日

百貨店へ行くと、最上階の催事場スペースに、伝統工芸の盆提灯が並んでいた。和紙の部分に花が手描きしてある盆提灯は長い脚が付き、提灯というより灯籠に近いイメージだ。ただ神社に置いてある石でできたどっしりした灯籠とは違い、盆提灯は可憐で華奢、左右対称にぶら下がる長い房飾りは耳飾りのようで、瀟洒な立ち姿をしている。

私が初めてこの提灯を見たのは祖母の初盆だ。真夜中、電気を消した和室で、祖母の遺影を挟んで二つの盆提灯の回転灯が回り出したとき、目を奪われた。水色をベースにところどころ浮かぶ赤と黄色の玉が部屋を染めて、まるで喫茶店のメニューにある、ゼリー入りのクリームソーダの中に入ったようだった。こわいけど、きれいだった。

盆提灯は一晩中回り続け、朝起きると母が、〝私

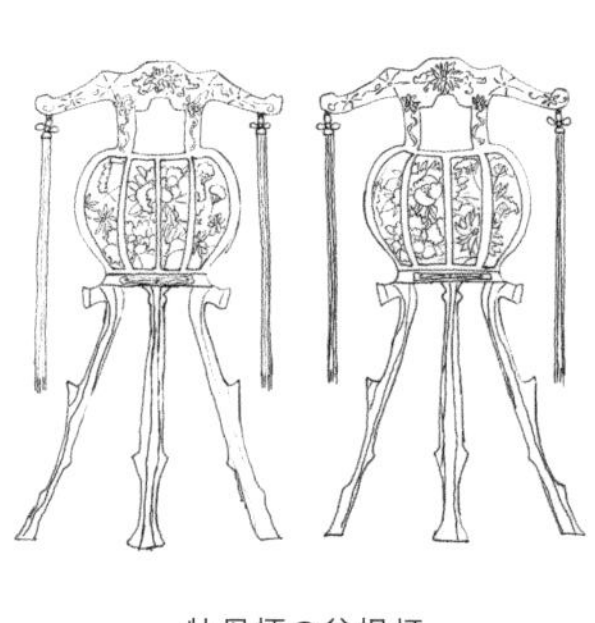

牡丹柄の盆提灯

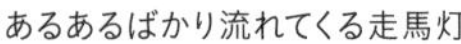
あるあるばかり流れてくる走馬灯

の弟が真夜中に起きて、遺影を前に正座し、手を合わせてるのを見て驚いた〟という話をしてくれた。そのとき弟はまだ小学三年生くらいの齢で、そんな子どもが夜中に盆提灯の明かりに照らされながら手を合わせているのを見つけたら、そりゃ驚いただろう。弟は、トイレに起きたときになんとなくお参りした、と言っていた。

そんな思い出のある盆提灯、急に欲しくなって牡丹柄のを一対購入した。しかし我が家には仏壇が無い。どこに置けばいいか迷いつつ、とりあえず仕事部屋に二つとも置き、煮詰まったときに部屋の電気を消して、回転灯の明かりを眺めている。

6月29日

豆花（トウファ）を食べにカフェへ行ったら、店内で女子高生が四人、制服でマスクをつけて談笑していた。街なかで見る学生たちの努力は尊敬する。下校時もみんなきちんとマスクをつけて、授業中ももちろんつけているそうだし、年齢が低ければ低いほど顔になにかかぶさってるというのはむずがゆい状況だろうに、また思春期なら薄化粧がくずれる、マスクで眼鏡がくもる、マスクで顔が蒸れて前髪がくずれるとか色々ありそうだけど、ちゃんとつけている。

学校に好きな人がいたりすれば、どんな状況なのか？　好きな人のマスク姿というのは、顔が見えなくて残念なのか、それともわりと新鮮でミステリアスなのか。たまに見せるマスクを取った瞬間の素顔に、ときめいたりするのだろうか。笑ってたくさん息を吸い込んだときにマスクにへこみができるのに、情緒を感じる。好きな人の息の通り道が可視化できるのは、なんだか面妖だ。もしいま自分が学生で、片想い中の何々くんがマスクをへこませてたら、ときめく気がする。

へこむマスクにときめき

7月〜9月

……

値引きがちょっと切ない

7月2日

都内の新規感染者数が、ゴールデンウィーク以来二ヶ月ぶりに100人を越え、憂うべき状況だと思うけど、段々数字の感覚があいまいになってきた。〃数字がいくつであっても、気をつけるに越したことは無いし、かと言って気をつけすぎると事態が長引くにつれ、疲れが出るから、そこは兼ね合いだな〃と思いながら毎日を送っていると、感染者数がいくらでも生活自体にあまり変化は無い。

コロナが出現した当初に比べると、だいぶ気持ちが落ち着いてきた。心の中で怒ってみても、ギブアップしてみても、どうにもならない。諦めに似た慣れだ。初めは戸惑っていた新生活様式に、ようやく馴染んだのもある。

いままで生きてきたなかでも、かなり個性的といえるこの2020年の、世界に広がる影響の大きさ、スケールの大きさをようやく把握しつつある。とはいえ、また想像もつかないような新しい動きがあれば、てきめんに驚かされるのかもしれない。また肌寒くなり、風邪やインフルエンザが流行る冬にはどうなるか分からない。できればもう、これ以上驚きたくない。

7月5日

新しい掃除機を探すために家電量販店を歩いていると、外国語でのアナウンスや表示が目立つ。数年前から海外の観光客の増加に伴い、店内案内や商品説明に外国語でも表記するお店が増えた。入国制限もあり、以前はフロアを賑わせていた海外からのお客さんがごそっと減った、その不在を、あてのない外国語表記は浮き彫りにする。

数日前、都知事選の期日前投票をしに行ったら、すごく空いていて、サクサクと終わった。感染症対策としては、まずアルコール消毒、係員の人たちはビニール手袋をして、投票箱と係員さんの間は、透明のカーテンで遮っていた。この透明のカーテン、いまではコンビニや薬局、スーパーなど、レジと客の間には必ずといっていいほどよく見かけるけど、なぜか懐かしい感じがする。

あのカーテンの隙間からおつりや品物が出てくる光景を、子どものころどこかで見た気がするけど、思い出せない。記憶のなかの透明カーテンは今見かけるものよりは品質が落ち、もっとびらびらして分厚くてちょっとしわも寄っていた。ものによっては根元以外をイカのお刺身みたいに縦切りされている場合もあった。

7月8日

無観客試合が続くプロ野球の試合で、ソーシャル・ディスタンス問題を解決する、意外なピンチヒッターが現れた。ソフトバンクホークス、若鷹軍団の新しい応援団、人型ロボットのペッパー君と四足歩行のＳｐｏｔだ。応援という、普段よりアツさを必要とされる場面で、きびきびダンスしつつ、平坦な非常に落ち着いた声で応援歌を歌いきったペッパー君と、切れ味の鋭い体軀でどこか妖艶な腰振りダンスを披露するＳｐｏｔに、新しすぎる時代の幕開けを感じざるを得なかった。

ロボットだから一糸乱れぬ踊りかと思ったら、一体は初めからは動いてなかったり、他のもう一体は途中で止まったり、むしろ人間が踊るより自由な振る舞いで目が離せない。あまりにもキレの良すぎる動き、ムキムキにも見えるほど強そうな彼らだから、それくらいのスキがあるのが、逆にほっとする。

7月11日

久しぶりに電車に乗ったら、車内での会話を控えるように、とのアナウンスが。窓も少しだけ上部分が開けてあり、ゴオォと電車が風を切って走る音がよく聞こえる。車内は全員が無口で、でも全然陰気な感じは無くて、ただ前よりも淡々と移動手段として利用する雰囲気になっていた。

久々にお友達と会う機会があり、待ち合わせの場所へ行くが、お互いにマスク姿のためかなり近づくまで、相手が合ってるか確認できず、何度も小さく手を振っては止め、振っては止めをしながら、じりじりと近づき合った。ようやく合っていたと分かると、ほっとした。よく知ったお友達なんて、たとえ変装していても本人と分かるはずだと今まで思っていたけれど、案外一部分でも顔が隠されていると、確信が持てなくなるものだ。

だれ？

7月19日

街へ出ると、美術館のマスコットキャラクターや個人の家の庭先のたぬきの置物、不二家のペコちゃんなど、キャラたちがマスクをつけている姿を見かける。確か春先にはすでに色んな街角のキャラクターが時勢に合わせてマスクをつけていたのを見かけ

貼るマスク

ていた。初めはすごく可愛く健気に見えたし、くすっと笑っていたが、何ヶ月もつけ続けてる姿を見てきた今では「がんばってるなぁ。そしていつまで続くんだろうか」に感想がシフトしている。

持ち主が初めて自分のマスコットにマスクをつけてあげたときも、まさかこんなに長引くなんて、思ってもみなかっただろう。外すにしても、いまの東京の雰囲気では時期を迷うだろうし（なにしろ人間の方はこんな真夏にもマスクをつけ続けているのだから）、屋外で雨風にさらされるマスコットにいたっては、マスクが濡れたり薄汚れたりするので、時々替えてあげなきゃいけない。呼吸してない強みを生かして、そろそろマスコットのマスクを外してあげるのも良いかも。

7月23日

感染者数増加により、Ｇｏ Ｔｏ トラベルでは除外だった東京だけど、それならば都民は都内で過ごせばどうかと、都内の施設で続々と都民応援プランを打ち出している。都民だとリーズナブルにホテルに泊まれたり、スカイツリーに半額で上れたりする。考えてみれば、「行ってみたいけど、いつでも行けるし今度でいいや」と思っていた場所がたくさんある。

世界中、もし時間とお金とパスポートがあれば、飛行機に乗ってどこでも行ける、と思っていた頃に比べると、ずいぶん行動範囲が狭まったけど、自分の住む町や自分の家の周辺を改めて知る良い機会にできればいいなと思う。

とはいえ、四連休の外出は控えて、とお達しが出ているので、まぁほどほどに。この四連休は、本当ならオリンピックが始まっているはずだった。まだ使われていない競技場がまっさらのまま出番を待っている。たとえオリンピックが２０２１年の開催になっても、ＴＯＫＹＯ２０２０で乗り切る、と決定したのは潔かった。東京には街中至る所に

「ＴＯＫＹＯ２０２０」の旗や巨大垂れ幕が、道路の脇や企業のビルの目立つところにぶら下がっている。これを撤去して回収するのは相当手間が掛かるし、また新たな西暦の入った宣伝物やグッズを作るとなると、かなり費用がかかるだろう。２０２１年になっても街で見かけるのは２０２０の文字だと、「あれ？　今年はまだ２０２０年だっけ？」と一瞬混乱する可能性はあるが、コロナ禍という未曾有の

値引きがちょっと切ない

事態が起きたのだから、住民も少々の違和感は受け止められそうだ。

ケニアではコロナの感染拡大を受けて、子ども全員が留年し、入試もなくなるという。ニュースでこの〝全員留年〟という文字を見たときに、自分のなかで今年を表す言葉としてしっくり来るなと思った。今年するつもりでいたけどお預けになった出来事は数知れない。失ったもの、失いつつあるものも、例年に比べて多い。でもしょうがない、来年には取り戻そうと思ってる心情は、留年に近い。ただ、その感覚を味わってるのは〝全員〟だ。一人だけ留年なら置いていかれた感がすごいが、日本だけでなく世界中で、この感覚を味わってる人たちがいる。地球規模でのＳＦみたいなタイムバグを今リアルで経験している。そう思うとＴＯＫＹＯ２０２０で来年もう一度２０２０年をやり直すことも、あんまり不自然じゃなく思えてくる。

7月24日

コロナ禍で売れなくなったものとして、口紅や頬紅などがあるらしいが、意外なのはマスクに隠れていない目のためのアイラインなども売れなくなっていることだ。これはよく考えたら理由が思い当たる。顔半分が隠れているせいで、いつもよりメイクに力が入らないので、全体的に薄化粧になる。以前は顔全体のバランスを見ながら丹念に描き込んでいた目尻なども「まっ、どうせマスクで顔半分隠れちゃうし、こんなもんでいいや」と、凝り出す寸前で止めてしまう。

ラクになったのはありがたいけど、やっぱり物足りない気分にもなる。でもまだマスクありきの顔認識機能が発達してないというか、自分の顔もだけど他人の顔もぼやっとして、たとえばその人がどんなアイメイクをしてたかなんてまったく思い出せないし、マスクが顔にかぶさっていると、着ていた服さえ前ほど印象に残らない。化粧品売り場のテスターコーナーにはビニールがかぶせてあり、試せず、見ることしかできない。品質で選んでいたつもりだけど、購入するまでの過程を楽しんでいたんだなと分かる。

それでも欲しくなる化粧品は、私の場合はハイライターだった。ハイライターだけは必要に駆られてではなく、良さそうなのを見つけると「どれくらい自然におデコを丸く、立体感があるように見せてくれるんだろうか？」と好奇心がわいて試してみたくなる。

オンラインの打ち合わせが続く。オンラインって途中で切れたりしないのかなと思ったけれど、いきなり止まったり、画像が乱れたりしたことは今まで一度もない。こちらの充電が切れてしまったことはあったが。オンライン通話のイメージがだいぶ昔のスカイプで止まってたけど、今では仕事の話をスムーズにこなすことは容易だ。

7月26日

ラジオ番組にリモートで生出演することになり、出版社へ向かう。スタジオではなく、他の出演者と離れた状況で、出版社の一室から出演とのことだけど、初めてのことばかりで、行ってみるまでどんな風にして放送するのか見当もつかない。

渡されたのはスマホと有線のイヤホン。イヤホンで相手の声を聞きつつスマホ内蔵のマイクに向かって話しかけるスタイルらしい。スマホの調子が悪くなったとき用に、出版社の社内電話機も、もしものときにすぐつながるように設定して、脇に置いておく。

こちらの出版社は、リモートでのラジオ出演はすでに何度か経験しているとのことで、慣れた様子で落ち着きがあった。自分が家にこもっている間にも、社会は動いていて、この事態に対しての試行錯誤はもう済んで、新たなスタイルが確立された印象を受けた。

番組が始まり、スタジオにいる方たちとの会話が始まると、音もクリアに聞こえ、こちらの話し声も難なく相手に伝わるし、なんの支障も無い。後で放送を聴いてみたら、こちらが電話を通じて話しているのが聞き手にも伝わるような、ザザっとした呼吸音や、声が近くなったり遠くなったりする現象も起きてなかった。

以前はラジオ出演というと、スタジオへ行って相手の方とテーブルを挟んで向かい合って喋るのが基本のスタイルだった。ラジオ慣れしていない私は置いてあるマイクとの距離がどれくらいが適切か分からなくて、また対面している人の顔を見て話したらいいのか、それともラジオなのだから目線とかは気にせずに声にだけ集中して話したらいいのかも分からず、緊張する場面が多かった。でもリモートで使う機器がスマホだと、生活の延長線上で話せる雰囲気で、リラックスできた。

8月1日

ヘアサロンへ行き、髪を切って染めた。美容師さんも受付の人も全員マスク着用、客の私は体温チェックに手指消毒、道すがらつけてきたマスクは一旦外し、受付の人がピンセットでつまんで渡してくれた新しい使い捨てマスクをつけて入店した。

シートの空欄を個人情報で埋めたあと、最近海外へ行ったか、風邪症状は出たことはあるかなどの項目にチェックを入れ、体調に異常がないことを認める署名欄にサインをしたあと、カットが始まった。

たくさん手順があって驚いたけど、そこまで感染予防を徹底しているんだなと思うと、安心だ。マスクをしたままだと耳にかかってるゴム部分の下とか切りにくいから、さすがに一度は外すように言われるだろうと思っていたけど、施術の間、一度もマスクを取らずに終わった。シャンプーや頭皮マッサージの最中も、つけたまま。洗ってるときもマスクは濡れないし、切るときもゴムを指でちょっとずらして切るしで、ヘアサロンでさえマスクとここまで共存していたとは、知らなかった。

出来上がりを鏡で見て、後ろもどうなっているか手鏡で映して見せてもらって、ずいぶんさっぱりしていることを確認した。セミロングだからいくら伸びても、あまり見た目に差はないと思っていたが、やっぱり切ってもらうと形が整う。初めて行ったヘアサロンだったから、美容師さんは私の素顔を一度も見ないままカットしてくれたことになる。〝似合わせカットをご提案！〟というメニューも前は流行っていたけど、今後はどうなるだろうか。

8月8日

雑誌の取材を自宅からリモートで、Ｚｏｏｍを使って受けた。リモート取材、リモート飲み、これまでにいくつか経験してきたが、共通して〝意外と話し相手の背景が気になる〟というのがあった。特に自宅からの配信だと、どんなおうちにお住まいなのかなと好奇心も手伝い、会話している最中につい本人の後ろの景色に目がいってしまう。

　リモートの相手が本棚の前にいると、どんな本が並んでいるのか、大抵は遠すぎて書名までは見えないんだけど、ちょっと気になるし、置物のある飾り棚をバックにしていたら、あれ何かな？　お土産品とかかな？　と興味を持ったりする。画面に映る知人の顔という状況に慣れていなくて、照れくさくて背景を見てしまうというのもある。

　そんな風に自分は見るのに、自分も見られているということをすっかり忘れていたりする。スカイプで語学の授業を受けているときに、自分の後ろの壁に香港スター、レスリー・チャンのでかいポスターを貼っていたのを忘れていて、先生に「レスリーだね」と言われて、少し恥ずかしかった。

　上だけ仕事用のワイシャツを着て、下がトランクスのままリモート会議をしていた人が、立ったときに気づかれる、なんて話も聞いたことあるが、思ってるより広範囲を鮮明にカメラがとらえている場合があるので、注意を払っていきたい。

8月11日

　お台場の日本科学未来館へ行き、展示を楽しんでそろそろ帰ろうとしていたら、ロボットのＡＳＩＭＯのショーがもうすぐ始まると分かり、せっかくだから見てから帰ることになった。が、息子がＡＳＩＭＯという未知のロボットに恐れをなし、ショー用に用意された椅子に座らず、ＡＳＩＭＯが出てくる予定のステージに全然近寄らない。

　前々から息子はロボットとは一定の距離を置く。発端は今や街中で見かける、ホワイトでスマートなペッパー君だ。息子がまだ言葉を話せない幼少期の頃、ちょうどペッパー君が普及してきた時期で、ものめずらしいペッパー君の周りには常に人だかりができて、大人気だった。そんななか、息子はあるイベント会場の裏を散歩しているとき、薄暗がりで半分布をかけられた、電源オフの状態で待機中のペッパー君と出くわした。頭を下げてがっくりと肩を落としたペッパー君の何も映らない黒い大きな瞳と、うなだれきっている姿に遭遇した息子は泣いた。

それからというもの、ショッピングモールの広場に佇むペッパー君を見つけては、少し遠回りをしよう、と提案し、ペッパー君がウィンドウ越しに歩行者を見つめている不動産屋さんの前は、早足で通り過ぎるようになった。私はペッパー君の近未来的なフォルムや、角度によって表情が違って見える顔が好きだし、胸部分のタッチパネルを操作してみたかったのだけど。

戦闘能力高そう

しかしＡＳＩＭＯが、がっしゃがっしゃと音を立てて軽快な二足歩行で登場し、近くにいる来場者の顔を一人一人見ながら挨拶し、ボールを蹴って遊ぶ姿を見せたりすると、次第に息子も緊張が解けてきて、もっと近くでＡＳＩＭＯを見るようになった。

私も初めて生でＡＳＩＭＯを見たが、歩いて手を振っている仕草にスター性があり、宇宙飛行士の面影もあり、華やかだった。ＡＳＩＭＯの開発は２０１８年に一段落したのだという。動くロボットの要素が弱かったのも、一因だろうか。実際に動く姿を見てみると、性格が明るそうで、顔が無くて笑ってないのに、にこやかな感じがした。

8月14日

夫は週に何度かリモートワークがある状況が続い

ている。このリモートワークの曜日は、固定のような流動的のような、微妙な感じで、最近、金曜日にリモートワークが続いてるから、来週の金曜日も大丈夫だろう、在宅なら子どもを家に置いて行けるし、皮膚科の予約を入れようと確認もせずに予定を組んで、あとから夫に「今週の金曜はリモートじゃないよ?!」と伝えられて冷や汗をかく、というミスを何回かした。それからというもの、共有のスマホカレンダーにリモートワークの日にはしるしをつけてもらっている。

お仕事でお付き合いのある出版社は、つい最近まで全員リモートワークでほとんど出社していないと、編集者さんから聞いた気がしたが、いまでは普通に出勤している人も多いらしい。

8月24日

映画を観に行ったら、本編が始まる前に、映画館におけるコロナの感染予防についての映像が流れた。なんでも頻繁に換気が行われているらしい。屋内だから広いといえど密室なのではと思っていたが、違うみたいだ。座席は両隣が空いているし、私語する人もいなくなり水を打ったように静かだし、とても良い環境で上映を楽しめた。

もし自分が記憶喪失になって、2020年のことを思い出せずにいたら、蒸し暑いなかみんなが外でマスクしてたり、色んな店が閉まっていたり、イベントが中止になってたりが、すごく不思議で納得いかないだろうなと思う。これまでの経緯を全部覚えている今でも、外に出て街行く人たちを見る度、あまりの変化に改めてびっくりしている自分がいる。

炎天下のマスクで息苦しいのか、足元をふらつかせて歩く人や、暑くて待ってられないのかまだ青に変わってない赤信号のうちから横断歩道を渡る人を路上で見かけて、心配になった。熱中症にも気をつけないといけない。

8月28日

バカンス中のヨーロッパでは、キャンピングカーが売れているらしい。海外旅行に行きにくいなか、家族以外との接触を避けられるからだろう。

駅前に置いてある公衆電話を、使っている人の姿を最近見ていない。いままでは旅行者が使っている姿とか、かろうじて見た気がするけど、本当に非常時に使う雰囲気が出てる。受話器は密接が避けづらいアイテムだから、なかなか厳しいかもしれないけど、電話BOXが街中にあってドラマや映画の世界に何度も登場していたのを見てきた公衆電話世代としては、この危機でも生き残ってほしい。

時代を感じてる公衆電話

9月8日

中国では、フードロスをなくす試みが、国主導で始まった。コロナの影響により、諸外国からの農作物の輸出規制がかかったり、また豪雨の影響などで農作物の収穫量が減ると予想されたかららしい。

ごちそうはどっさり振る舞って、客が残すくらいがもてなしの量として正しい、という風習が取りやめになり、大食い動画も規制されることになった。長年の風習をやめるのは難しそうだな、ちゃんと浸透するのかなと思いながら、現地の若者のブログを覗いてみると、わりと守られているようで、上から言われたからしかたなく、というよりは能動的に受け入れ始めた様子だ。もしかしたら潜在意識では、料理を残すのはもったいないかもと思っていて、何かきっかけさえあれば、上手く変化できるタイミングだったのかもしれない。

相手へのもてなしや礼儀がからんでいると、その制度を廃止しにくいというのは、どの国でもあると思う。簡略化すれば失礼ではないか、相手が気を悪くするのではないかと案じ、なかなか昔のやり方を変えられない。事実、サービス業では丁寧な礼儀や豪華なもてなしの質がアップするほど、格や値段も上がっていく。このような習慣は個人ではやめにくいので、いっせーので、みんなでやめた方がいっそ楽だ。

日本では最近、何かを買ったときのレジ袋や紙袋が有料化した。過度の包装をなくした方が良いとは頭では分かっていても、おしゃれな雑貨店に行き、以前は店のロゴが入った可愛い紙袋に包んでくれていた品物が、剝き身で手渡されたときは、ちょっと衝撃だった。誰かへのプレゼントなら有料の紙袋をつけてもらうが、自分へのごほうびだと微妙なところだ。品物を取りだしたあとの紙袋は古紙を入れてゴミ出しに利用はするが、そのためだけに頼む必要があるだろうか？　バッグに直接品物を入れれば解決するのでは？　と結局そのまま受け取り、エコバッグにしまう。

しかし、いずれは慣れていくのだろう。どうしても包装してもらいたい場合と、そうでもない場合の判断が上手になり、レジ前で焦らなくなる未来が待っているはずだ。

9月11日

自分が原作を担当した映画の予告編が解禁された。撮影が始まったころにちょうど緊急事態宣言が出て、撮影が一旦中止となったと連絡が来たとき、世の中がずっとこの状態ならもう観られないかもしれないな、と思った。ものすごく残念だけど健康には代えられない。

でも世の中の状態が少しずつ良くなり、映画を作っている方々の努力、奮闘があり、ぶじ出来上がって本当に良かった。予告編は主人公の女性がコミカルに喜怒哀楽を露わにして動き回り、原作者として喜びつつも、まったく新しい作品に触れているような心地を、同時に味わっていた。映画の本編を観るのがとても楽しみだ。

芸術、エンターテイメントは不要不急なのかどうか、感染症の問題が起こっただいぶ初期から今まで、ずいぶん議論が盛んだ。この分野は人によって必要としている度合いが全然違う。普段からまったく関わりの無い人もいれば、その分野に触れるのが生きがいになっている人もいる。どちらにしても、大変なときや落ち込んだときにこそ見たい、読みたい魅力的な作品が、ちゃんと存在しているかどうかが、重要だ。理屈抜きで大変なときに欲するような作品を、自分も作っていけたらいいなと思う。

9月17日

感染者数は減っているし、街にも人出が戻ってきた。東京でのオリンピックも、実現に向けて再び話が動き出している。

世の中、前よりも良くなってきているはずなのに、自分の気持ちはいまいち暗いままだ。張りつめていた緊張の糸が緩んで、今やっとリラックスできる日々が戻ってきたのに、疲れが出たのか、あれだけ戻りたかったはずの日常に耐えられず、パワー不足を感じる。

出かけて人に会う仕事の予定も入ってきて、原稿に一人きりで向かうだけだった仕事内容に変化が出そうでうれしい反面、それが日常だったときよりも疲れやすくなっている。あと、久々に直接会うことのできた、慣れ親しんだ人たちが、当たり前だけどみんなマスクをつけていて、優しそうに笑っている目だけが見えるのも、ようやく会えたと感激する反面、以前と生活様式が変わってしまったのが身にしみて、改めてショックを受ける。こんな些細なことで？　というようなことにも、落ち込んでしまったりする。

育児に関しても、本来は外で友達と遊び回らせてあげたい年頃なのに、あまり自由にさせてやれない罪悪感がある。とりあえず屋内の遊戯施設へ子どもを連れて行ってみると、子どもであふれ返っていたボールプールや滑り台のあるフロアは、前よりかなり人気が減り、子どもがひしめいていたフロアには、息子とあと三人くらい。係員が、子どもが遊具やおもちゃに触るたびに消毒液で拭いていた。

9月27日

ＧｏＴｏトラベルを利用して横浜のホテルに泊まり、朝起きて観光へ行く準備をしていたら、よく知る女優さんの訃報がネットニュースで報じられ、自死と書かれていて、愕然とした。少し前の夏ごろから俳優さんや女優さんの自死のニュースが相次ぎ、十分衝撃を受けていたなか、思春期の頃からずっとドラマや映画で観続けていた素敵な女性も同じように亡くなったと知り、本当に悲しくなった。

自死といっても理由は様々で、それはきっと本人にしか分からない。ただ今年の不安定さはみんな等しく体験しているから、気がふさぎがちな日々が続いたのは分かる。身体の健康に気遣っていたら、案外心の方がより疲れていた、という感覚があるかもしれない。２０２０年の過ごし方の難しさを、思い知らされる。

9月30日

女優さんの訃報のニュースの衝撃がまだ抜けきらない。世間も驚きを隠せず連日その関連ニュースを報道していたが、あまり報道すると、後追いを考える人が出るかもとも言われ、ニュースの文面のあとには、必ず「いのちの電話」など自殺防止のための機関が紹介される気遣いも見られる。

気が張っているときよりも、状態が前よりましになり、一息ついた後に、無気力感がおそってくる。非常事態をなんとか乗り切ったあとにまた日常生活に戻ろうとしても、気力を使いきってて、前と同じはずの生活にぐったりと疲れる。考えてみれば、ずいぶん活動的な毎日を送っていたんだな、というよりあれが普通だと思ってたからこなせてたものの、前とは違う日々も経験した今、前の生活を普通だとスッと信じることができない。

自殺というのは自らを殺す、という主体的な場合もあれば、自分に殺される、という受動的な場合もあると思う。自分の意志ならば操れるのが通常だが、心の調子がすぐれない場合、自分自身のコントロールさえどうにもならず、攻撃の刃が内側へ刺さるときがある。

何年もよくよく考えた末の実行なら、本人の意志が固かったのかなと思う。けれど、ついさっきまで笑っていたのに翌朝には冷たくなっていた、おそらく突発的に実行したのだろうなどと考えられる場合、本当のところは本人にしか分からないと分かっていつつも、果たして本当に死ぬしか方法が無かったのだろうかと考えてしまう。

なぜかと言うと、もう明日を迎えたくないと本気で嘆くほどの憂鬱は自分でも何度か体験したことがあるし、そういう気分が最悪の状況のときに正しく襲ってくるわけでなく、人生の浮き沈みとはあまり関連性のないタイミングで、まるで雨が降る前の分厚い雲みたいに突然心を覆い始めるのを知っているからだ。その瞬間は身動きできず、本当に絶望するが、何日かすれば、いつの間にか最悪な底は乗り越えている。

コロナのまっただなかで、再びたくさんの人たちに読まれた、五木寛之さんの『大河の一滴』では、五木さんが人生で二度自殺を考えたという話をするなかに、なにもかも無気力になり、投げやりな心境になった状態を表すときの言葉として「こころ萎えたり」が紹介されている。この本を読むまでは知らなかった言葉だったけれど、出会ってからは思い当たる状態を何度か見つけた。思うに、こころ萎えたりの状態のときの人間は、頭も相当萎えている。いままで当たり前のように実行していた、生き抜くための戦略を考える理性はかき消えて、どこか別次元の物事を見据え始める。表面的には今までと変わらないように見えても、すでに別の幽玄な世界に足を踏み入れている。

違う世界へ行きかけている人に、なにか思いとどまらせる言葉を伝えるのは、きっととても難しい。いきなり主題から攻めて考えを改めさせようとするのではなく、本題からは少し外れた周辺の話題から、じっくり根気よく語りかけて、本人の気持ちを大切にしつつも、気をそらせるのが、良いのかな。

うまく日常の型に嵌れない違和感が、今日まで続いていて、未だ試行錯誤の途中だ。いつかは訪れると当然のように思っていた、コロナ禍の完全終息も今では望みが薄く、長い付き合いになる予感しかしない。

思い返せば、風邪やインフルエンザが無くならないように、コロナもなくならないと序盤からお見通しだった人もいたけど、私にとっては新規の災厄すぎて、共存する〝ウィズコロナ〟なんて馴染みがなかった。ＳＡＲＳみたいにいつかは過去の病になると思っていた。でもアジアだけでなく、実はもう世界中に広まっていたと知ったときに、察したと言うか、受け入れざるを得なくなった。

10月〜12月

……

風に揺れるウレタンマスク

10月2日

　トランプ大統領コロナに感染とのニュースに驚く。もうすぐ選挙だけど、大丈夫なのだろうか。テレビでよく目にし、プロフィールも詳しく知っている有名人、でもいずれも一度も会ったことがない人たち、こちらだけが一方的によく知る人物についてなので、心の距離が上手く取りにくい。

　昼は普通に過ごせているけれど、夜になると何故か、むちゃくちゃ焦る日々が続いている。もしかしたら私は、すごく間違っているのかもしれない、人生を無駄にしてるんじゃないかと後悔する心情になる。理由の無い不安が胸を覆う。

10月4日

　〝幸い病状は深刻ではない〟と、トランプ大統領本人からのビデオメッセージが公開された。ハイリスクな年齢だろう彼の病状が悪くないのは、ひとまず良かった。コロナに罹っても、人によって病状が全然違うのは、これまでの報道で分かってきた。

　自転車で住宅街の道を走っていたら、ある集合住宅のベランダで、色違いの数枚のウレタン製のマスクが洗濯物干しに、並べて干されて風に揺れていた。すがすがしい光景ではあったけど、見慣れなかったので、思わず凝視した。マスクを洗って干す習慣なんて、去年までは見かけたことなかったのに、もうこんなにも浸透している。まるで靴下のように自然に並んで干されてるマスクを見るのは、感慨深い。

風に揺れるウレタンマスク

つけたとき、洗剤の良い匂いがしそうなマスクたちだった。

10月14日

文学賞の選考会が都内の料亭で開かれ、委員として参加した。選考は委員一人一人の間をアクリル板で遮蔽して行われた。選考作品について自分の意見を話すときがあるのだけど、一生懸命しゃべっていると、マスクのなかの酸素が薄くなって、息苦しくて気が遠くなった。

でもメリットもあって、いつも自分の意見を言うときはすごく緊張していたのだけど、口元を隠していると、多めの視線を浴びても、どきどきや焦りが少しましになった。

今まで当たり前のようにしてきたけど、全顔を晒しながら公の場に出たり、日常生活を送るのは、それなりにストレスがかかるのかもしれない。芸能人でいつもサングラスをかけている人が、ちょっと羨ましいなとテレビで観るとき思っていたけれど、マスクもシャイ気質の人間にとっては、さりげなく味方だ。

10月16日

原作を担当した映画を関係者試写会で観た。おひとりさまを満喫する主人公の女性を、ユーモアたっぷりに描きながらも、彼女の心の複雑さに深く踏み込んだ映画だった。ストーリーは主人公がイタリアへ一人旅へ行く部分が胆になる。世界各国のなかでもイタリアが一番大変そうだった今年の春くらいにちょうど撮影が始まったらしく、当然渡航は無理だったし、詳しくは分からないけれど、きっと大変だっただろう。色んな出来事が続々と中止になっていた時期だったから、とても残念だけど、撮影続行は難しいのかなと思っていた。

でも、みなさんの逞しい力で、観た方たちが元気になりそうな、素晴らしい作品が出来上がった。何か一つのものを作り上げるときには、やる気や勢いももちろん大事だろうけど、粘り強さも完成へたどり着くための重要なポイントなのかもしれない。

10月21日

東京の一日の感染者数が150人くらいで落ち着いている。相変わらず、この数が多いのか少ないのか、判断しがたいけれど、爆発的に増えてないのは確かなようだ。Ｇｏ Ｔｏしてるわりには減少傾向だと言われている。

また、インフルエンザにかかる人が激減している。手洗いうがいの本気の推奨が、今後のみんなの意識を変えるかもしれない。手洗いうがいが大切なのは小学生でも知っていることだけど、なんかちょっと毎回はめんどくさいというか、うっかり忘れてしまうことも多い習慣だった。でも今回耳にタコができるほど啓蒙されて、さぼらずキチンとするようになったら、風邪やインフルエンザにかかる回数が劇的に減った。

これは全国的にもそうだし、個人的な実感でも、今年は明らかに風邪症状が前年よりぐっと少ない。自分の手や喉って、外から帰ってくると汚れていたんだなと、しみじみするほどだ。手洗いマスクで体調が良く、明らかに風邪を引かなくなった。なんとなくアレルギー症状で鼻がつまって、もしくは喉が荒れて寝苦しいといった夜も少ない。以前はただ暖かくして身体を冷やさなければいいと思っていた就寝時も、湿度を気にしだしてからは、寒い朝でも声がかすれない。

10月25日

雑誌に使う写真撮影のため、一泊二日で京都へ行った。到着したその日の夕方に、高台寺を取材。夜咄という茶会のイベントが大人気だったらしいが、コロナ禍ではお茶を飲んだり話したりする際には、感染対策に気をつけつつも、いちどきに集まる人数などは変更せざるを得なくなったとのこと。茶会という歴史のある行事に触れると、今よりももっと健康面で危険が多かったはずの時代にも為されていたことが、医療の発達した現代では逆にできないんだなと、不思議な気持ちになる。

滞在中はいそがしくて仕事だけだったけど、組み紐を編む体験ができたり、京都で育ったけれど今まで経験できなかったことがたくさんできて、充実していた。伏見人形のお店にも訪れて饅頭喰いという

気遣い屋の饅頭喰い人形

幼い子どもの人形が可愛かった。父と母、どちらの方が好きか、と聞かれた子どもが、饅頭を半分に割り「どちらの方がおいしいか」と問い返したそうな。賢くて気遣い屋の子どもだ。上目遣いの可愛い表情も印象に残る。

10月28日

衣替え。冬物を衣類圧縮袋から引っ張り出す。ニットやコートなどのウール素材の服も、自宅で浸け置き洗いしたあと、ハンガーに掛けて浴室乾燥機能を使って干す。初めはひやひやしながら自宅で手洗いしていたが、丁寧にやれば、それほど生地が傷まないと知ってからは、衣替えの最初の作業がこれで、ざぶざぶと次々洗っていく。おしゃれ着の自宅洗いの良いところは、生地があんまり痩せないところだ。

クリーニングほどのパリッと感は無いが、生地の手ざわりはウールでもわりとふっくらしたままだ。

ただ乾燥の過程が難しく、干す衣類と相性の悪い

ハンガーを使ってしまうと、肩の部分にハンガーの痕や、服の裾部分にピンチで止めた痕が残ってしまうときがある。特に最近流行のドロップショルダーのコートなどは、ハンガーはかなり撫で肩のタイプを使わないと、両肩の部分が不自然に一部だけ、モコッと突き出てしまう。加えて濡れそぼったコートはすごく重くなるので、それに耐えられるハンガーでないと、途中でバシャンと下へ落っこちる。撫で肩で丈夫なハンガーを通販で探している。

コートの肩のツノ

10月31日

例年なら九月初めから早々と街の商業施設のディスプレイが、パンプキンとオレンジ色に溢れていたのに、今年のハロウィンは、霧がかかって消え失せそうなほど、存在感が薄い。どうしても人の集まる行事だから、自粛傾向にあるのだろうけど、今年はお化けかぼちゃやガイコツや魔女、やたらリアルな傷メイクなどをあんまり見たくない人が多いのかもしれない。ハロウィンは結構好きだった自分も「今年はまあ、いいか」という気持ちになった。ちょっとダークな世界観を思いっきり楽しむのって、すごく元気が必要なようだ。

11月7日

Go To イートを利用して、焼き肉店へ行った。新装開店なので店内はぴかぴか、時間が早いせいか、お客さんもあんまりいない。家ごはんも良いもんだと思っていたけど、メニューがあって頼んだらすぐに作って持ってきてくれるなんて、外食はやっぱりありがたい。新鮮な牛肉の部位を指定で頼めるのも、コロナ前は当たり前になっていたけど、今触れると凝ったサービスだなと思う。食事の味や見た目ばかり気になって意識してなかった部分にも、今回改めて外食産業の強みを感じた。

時代というのは確実に存在する。たとえばたった十年後でも、現在の私たちの行動が、とんでもない時代遅れとして笑われている可能性は十分あり、馬鹿にするのを通り越して、意味不明な行動として未来の人たちの首を傾げさせている可能性もある。

そのときの時代の空気感に生きて居なければ分からない人間の集団行動の心理というのは確実にあって、2020年はそれを顕著に示す年だったように思う。後々「あのときはなんであんなことをしていたの？」と今はまだ生まれてないぐらいの若い人に訊かれたとしても、きっと私は上手く説明できないだろう。

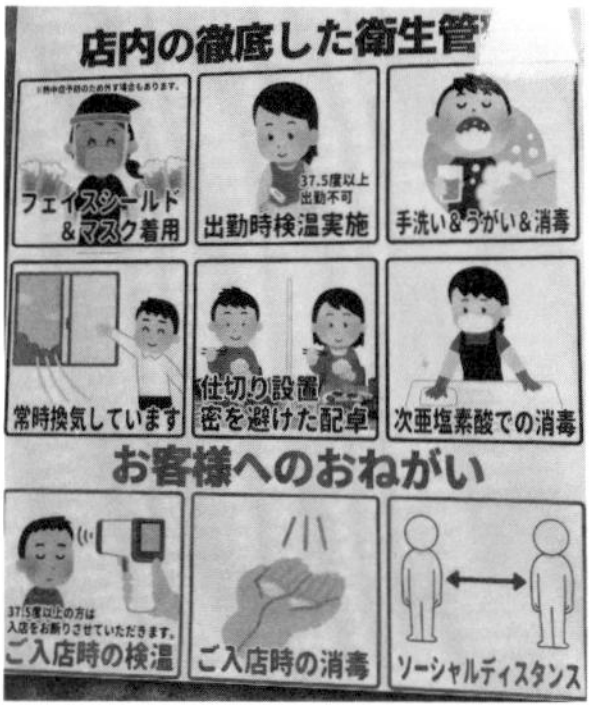

急に増えたタイプのポスター

いらすとやのイラストが、街中で大活躍している。見た目の素朴な可愛さ、分かりやすさと、数の多さ、そしてすぐ利用できるフリー素材の手軽さもあってか、大概のコロナ感染防止のポスターで使われている。このイラストは、分かりやすい公共性の高さはもちろんだけど、キュートさと共に、なんともいえない空虚さも抱えているからか、明るい事例はもちろん、暗い事例で使用される際も、それほど深刻にならずに馴染む。

見慣れていくにつれ、描かれた笑顔の奥を想像しようとするが、そこには何かがあるようで何もないのが、柔らかいベールに押し返されたようで、ちょうど良い距離感を保てる。

11月10日

東京の感染者数が徐々に増えるなか、息子の七五三を祝う。といっても羽織袴を着せて近所の神社へ連れて行き、写真を撮るという簡単なもの。晴れ着を着た息子を見ていると、小さな赤ん坊だった頃から五歳まで無事に成長した喜びを実感し、昔はよく分からなかった、七五三の行事の意味が身にしみる。千歳飴の袋を持たせて、ほんとに千歳まで生きて欲しいなと思う。

11月16日

紅白歌合戦の出場歌手が決定したニュース。歌手の瑛人さんも「香水」を歌う予定とのこと。

今年流行った、よく聴いた、ギターの弾き語り、美しいメロディーラインの曲。初め聴いたときはサビのドルチェアンドガッバーナの部分がよく耳に残ったけれど、歌詞を読みながら聴いたときの最初の感想は、〝正直やなぁ〟だった。浄化されてない恋が、歌のなかでリアルタイムでそのまま流れてる。

でも見てよ今の僕を　クズになった僕を　人を傷
つけてまた泣かせても　何も感じとれなくてさ
（一番の歌詞）

でも見てよ今の僕を　空っぽの僕を　人に嘘つい
て軽蔑されて　涙ひとつもでなくてさ
（二番の歌詞）

フラれた側なのに被害者になって同情を引こうとせずに、自分もこれぐらい汚いところがあると正直すぎるほどに歌っちゃう歌詞が、あんまり他で聴いたことなくて印象に残る。これだけ傷つくことに鈍くなっている彼を、唐突に元彼女が、ここまでぐらぐらに揺さぶるのもすごい。

　夜中にいきなり呼び出されて、三年会わなかった間に煙草を吸うようになった元彼女の横で軽く動揺してる、でも昔の思い出と共に元彼女に再び惹かれ

「香水」妄想一場面

てゆく彼の心の揺れ動き、玉手箱を開けたみたいにもわもわ煙になって再び出現する恋心に、短時間でいとも簡単に包み込まれていく様子が生々しい。

11月18日

　神保町にある、京都便利堂に年賀葉書を買いに行ったら、閉店していた。去年は普通に営業していたのにと思いながら、ホームページを確認すると、一旦休業という形を取っているようだ。京都にある本店も神保町店も、特殊な技術で印刷された葉書のディスプレイの仕方が格好良くて、あれが良い、これも良いとそのときの季節に合った絵柄を一枚、また一枚とトレイから抜くときに心が躍った。営業を再開したらまた行きたい。

　飲食店や他の店舗の客足が遠のいていると聞く。今回のコロナやら自粛要請と関係があるのか、無いのか、店側の事情は分からない。ただ自粛明けにようやく行けると思った馴染みのお店が無くなってい

トルコのレモンコロンヤ

たのは残念で、もっと早く行けば良かったなという気持ちになった。食べログのGo To イートももうすぐ終わるらしい。予想してた以上に期間が短かった。もっと利用しとけば良かった。

そのあと銀座へ行き、トルコではおしぼりがわりに、手のひらにかけて使っていると店員さんから説明があった、レモンコロンヤの瓶を買った。アルコール度数が高いため、手指消毒にも使えるとのことで、食事の直前に手を洗うのって難しいしなと思って購入した。

レモンの香りのする食後酒のリモンチェッロを飲んだり、肉やサラダに切ったレモンを搾ったり、紅茶にも輪切りが浮かべてあったり、レモンの爽やかな香りと酸味は食卓には欠かせないが、手につけて香りが鼻孔まで行くと、活気が出て食欲もわき、消毒以外の効果も高かった。

11月21日

文学賞の授賞式に委員として出席するため、金沢へ。授賞式の会場では舞台に人が立つ際には、少人数で間隔を空けて立ち、マウスシールド着用、一人一人の間にアクリル板での遮蔽という念の入れようだった。名前をアナウンスされて館内へ入り、自分の席に着くまでの動線を説明してもらう際、席に着いているときはマスク着用、壇上へ上がるときはマスクを外してくださいと指示があり、和柄で紙製のきれいなマスクケースを一枚もらった。

マスクケースは夏ごろに色んな可愛い柄のものが発売され、布製のものを一つ買ったが、最近はマスクと同じようにマスクケースも使い捨てが便利だなと感じている。毎日洗って干すのは大変だし、かと言って色んなものがついてそうなマスクを一度入れたケースを使い回すのは、あまり良くなさそうだ。

お仕事が終わり、料亭へ晩御飯を食べに行く。接客してくれた和服姿の女性が、感染対策にと話すときは、団扇で口元を隠しながらで、素敵に見えた。使わないときは盆踊りで踊っているときのように、帯の後ろの背中部分に、団扇の柄を差しておくそうだ。

11月28日

またまた、お仕事で金沢へ。文学賞をいただき、尊敬する先輩作家の方や、地元大学の学生の皆さんと、距離を取りつつマスク着用ではあるがお話が出来て、しみじみとうれしかった。泊まった温泉旅館ではロビーやエレベーター前に置かれている消毒液のボトルが、和柄ちりめんのミニ風呂敷で包まれていて、周りの雰囲気に馴染んでいた。都内のホテルでは、白い別の容器に入れ替えたバージョンを見ることが多かったが、包むのも風流で素敵だ。

11月30日

冷え込みがきつすぎて、5時過ぎには熱いお湯に浸かりたくなってくる。厳しい感染症対策が息を吹き返し、冬と共に対策徹底派が息を吹き返す。楽観派と徹底派が入り混じり、お互いの価値観がかけ離れている可能性があるので、少しそわそわする。

コロナ禍以後、どこからが内で、どこからが外なのかについて、よく考えるようになった。個人単位で言うと、共に暮らす人間は内、違う家に暮らす人たちは、外。都道府県で言うと、自分の住む県は内、他県は外。国単位で考えると、日本は内、外国は外。外へ外へと活動的に歩みだそうとしても、移動がおもわしくなければ、まず遠出から禁止されて行く。

いっそ人類が地球だけでなく、他の星にも移住していたら、地球は内、宇宙は外として、今のような状況でも世界じゅうをうろうろすることはできたかもしれない、と思う位、内と外の区別は曖昧にして、厳格だ。この不思議さはパスポートとお金、長距離移動と時差に耐えられる身体があれば、行きたい場所へどこでも行けるという意識のあった、コロナ禍以前の世界とはえらい違いだ。

ではは完全に外の世界と断絶してしまったかというと、そうでもなく、ZoomやSNSなどスマホさえ持っていれば、相手の顔や声をリアルタイムで知ることができる。便利な世の中になったなと思いつつも、この遠くて近い感じにはあんまり慣れないいまだ。

12月3日

街の雑貨屋さんで、クリスマス用のイラスト入りの紙皿やストロー、自宅で作るお菓子の家キットなどを買ってきた。お菓子の家はイブ当日に作ればいいかなと考えていたけど、すでに作ったことのあるお友達から、作るのが結構難しい、完成までにかなり時間がかかるという、有益な情報を聞いた。簡単にできると思っていたけれど、もしかしたら素人がうかつに手を出してはいけない代物だったのか？ とりあえずどれくらい大変か、クリスマスより早めに作ってみることにした。

パッケージを開くと、クッキーでできた家の壁や屋根のパーツが入っていて、さっそく見た目が可愛い。砂糖菓子でできた、ちょこんとしたサンタの人形もついている。パーツの縁にアイシングパウダーを液状にしたものを糊の代わりに塗り、家の形に組み立てたら完成。

一時間弱で完成したものの、見本の写真と違いすぎる。アイシングパウダーを水で溶きすぎたのか、屋根にふんわり降り積もるはずだった雪が、みぞれみたいに滴り落ちている。また飾りに使うためのマーブルチョコやカラフルなチョコペンなどを買い忘れたために、色味がゼロの、簡素すぎるハウスだ。お菓子の家というより、高い山にある、避難用の無人小屋に似ている。

なんだかさびしくない?

完成品を見せると息子は「なんだかさびしくない?」と言ったきり黙り、夫は「終活?」と言った。確かに〝この家に住むのも、今日が最後か〞と思いながら、サンタが夜空を見上げているようにも見える。

情報通り、一筋縄ではいかなかった。再挑戦すれば次は良い家が建てられそうだと思うものの、まあ、来年にしようか。

この一年弱を振り返ってみると、たった一ヶ月間でも、コロナに対してのテンションが全然違う。深刻さと楽観視がくるくる入れ替わる心理状況は、これは疲れるはずだ、と納得がいく。〝自粛の強化が必要〞と〝気にしすぎても経済が回らない〞が交互にくり返され、洗濯機のなかで洗浄モードと脱水モードが延々くり返されるなかで、ちょっとずつ生地のすり減っていく洗濯物みたいな気持ちになった。

世間の人たちや自分の周りの人たちが今どっちのモードのなかにいるか分からず、世間話としてコロナの話題をするのも、はばかられる。

　飲食店などへ行くときも、食べてるとき以外はずっとマスクをつけていたら、神経質すぎるのか、逆に外してたら、こんな時期なのに意識が低いのか、どっちにすればいいか本当に分からなくて、それならもう外へ行かずに家で撮りためてた録画ドラマ観ようとなった日も少なくない。外出を控える生活を長引かせていたら、今度は運動不足で体調を崩す可能性もある。ある意味がさつに、あまり何も気にせずに、風邪を引いたらそれはそれで、ぐらいの気持ちでいた頃が懐かしくもある。時間をかければ何事にも慣れていくだろう、自分の適応力を信じつつ、あと残りわずかの今年を乗り越えていきたい。

あとがき

昨年（２０２０年）、本日記を書き始めたころ、コロナ禍がこれほど長引くとは思わなかった。遅くとも年内には収束するだろうな、してほしいと思い、願いも込めて表題を『あのころなにしてた？』とした。しかしこちらのあとがきを書いている現在、コロナは過去になるどころか、ショッキングな初登場の頃よりも、さらに影響力を増して、世界中の人たちの日常生活を侵食している。

収束を願う一方、世界中から完全にコロナウイルスの消え去る日はもう来ないのではないかと、うすうす諦めている。ウイルスはしつこく根づき、スピーディーに人から人へ感染している。ただ人類を根絶やしにするほどの威力は無くて、変異株の出現や爆発的な感染力におののきながらも、道端で人がばたばた倒れていくほどの事態にはなってない。ワクチン接種による感染者数の減少を待ちたい。

普通に家に居れば、日常生活はパンデミックが起こる前とほとんど変わらない。テレビをつければワクチン接種や緊急事態宣言のニュースが溢れているが、情報を遮断すれば今日も穏やかな日常が続いている。

ただ失った数々の行事の喪失感はずっと心に残っている。会えるはずだった親しい人、やるはずだった人に会う系の仕事、行けるはずだったイベント。そんなものの抜け殻が記憶の隅っこにブランクを作り、我慢づくしの長い時間を忘れさせてくれない。

なんとなく被害者っぽい気分になり、奪われた時を返して、とどこかに言いたくなるけど、誰のせいにしても空しい。健康を守るための、生き物としての個人個人の奮闘だと、スケジュールの空白もまた、いつかは埋められる日が来ると自分に言い聞かせる。

「ＴＯＫＹＯ２０２０」と書かれた真新しい大きな垂れ幕も目に入るたびに、ああー、どうなるんだろうと胸が騒いだ。五輪に出場予定だったり、携わっている人が周りにいれば、感想もまた違ったかもしれないが、私にとっての五輪はずっと、街角に完成してぴかぴかのままの、無人の運動施設の数々だった。有明やお台場、千駄ヶ谷の、無人の広い運動施設と、一台も車の停まっていない駐車場の前を通りかかると、胸騒ぎがした。施設の立派さや豪華な土地の使い方を見る度、その事業に関わった人たちの多さや、莫大な資金を、つい想像する。宙ぶらりんの状態がオリンピックを待ち望んでいた人々にとっては心理的にきついのも、想像がつく。

開催されることに誰も疑いを持っていなかった頃、これらの垂れ幕や通りに等間隔にはためくペナントを、ワクワクして見つめた。まさかこんなに長く、垂れ幕がかかり続けるとは思わなかった。

それにしても、開催年が変わっても「ＴＯＫＹＯ２０２０」で行きます、と早めに決定したのは、エコというか節約の観点からも英断だったなと思う。２０２１に変更もされず、撤去もされず、２０２０のまま堂々としてる様子は、なんだか頼もしかった。

いざ開幕すると、日本はメダルラッシュという言葉が連日ニュースを賑わすほどの勝利を収め、無観客ながらも数々の運動施設で、メダルを手にした選手たちの笑顔が見られた。予定通り着々と準備を進めるはずだった関連の企画はコロナの番狂わせで大きな混乱が起きたが、本番一発勝負の選手たちはしっかり実力を発揮していた。五輪の主役の底力を見たような気がした。

ワクチンの接種が進むなか、変異株の蔓延で、感染者数が急激に増え、コロナをめぐる状況はまた新たな局面を迎えている。

今では普通の光景だけど、画面に顔を映したら即座に体温が表示される装置が、店やビルの入り口に設置された当初は驚いた。病院の待合室で「毎回消毒してくれてるのかな」と思いつつ、脇に体温計をつっこみ、ピピピと鳴るのを待ち、鳴って脇から引き抜いたらエラーが出ていて、もう一回計り直したりしていた日々はなんだったのかと思うくらい、画面での素早い体温測定。しかし寒い場所を歩いたあとはおデコも冷えているらしく、死んでるんじゃ？と思うほど低い体温が表示されたりもしたので、脇で計る方が正確なのだろう。

建物の入り口前での体温測定が始まった当初は、結構どきどきしたものだ。もし自分が37・5度以上の高温を叩き出したら、後ろに並んでいる人たちは、ざわついて一歩下がったりするのだろうか、体温測定の画面が赤く染まり警告音が鳴り響いて、防護服を着た警備員が走ってきて取り押さえられたりするのだろうか、と妄想するくらい緊張した。

外出先で初めてアルコールで手指消毒したときも厳粛な気持ちになった。今でこそ自然な佇まいで店の入り口に存在するアルコール消毒液だが、出始め当初は下に真新しい白い布が敷かれていたり、消毒係が存在して、広げた客の手に吹きかけたりしていた。儀式っぽい趣きが漂い、神社に入るときの手水舎にも似ていた。冬寒いときにお参りに行くと、水がすごく冷たくて怖気づくのも、アルコール消毒による冬場の手荒れに怖気づくのと似ている。

最近はワクチン接種会場の前に並ぶ列を見かける。東京で暮らしていると長蛇の列は見慣れていて、〝ここに並んでる人たちは全員つけ麺が好きなんだな〟とか〝この列の人たちはみんなジャニーズファンか〟などと思ったりしてきた。でも〝この列の人たちは全員六十五歳以上なのか〟と思ったのは初めてだった。

〝やばっ、子ども用の替えのマスク忘れた！〟と、生理用品を携帯し忘れたときと同じ雰囲気でコンビニに入り、いくつかの種類から選ぶ場面も増えた。自分のマスクなら忘れても大人用だからすぐ買えるけど、子どものを忘れると、子ども用マスクの置いてある店舗は限られているから、無くて焦る。苦しまぎれにやや小さめタイプを買って、ひもの部分をしばって息子につけるけど、「マスクが大きすぎて前が見えない！」と言われ、子ども用のマスクを売っているドラッグストアを探す旅に出たりする。

ニューノーマルに急速に慣れたようでいて、でもやっぱり落ち着かない。新型コロナにより、そんな瞬間が自宅にも街にも、至るところに転がっているけど、起こった出来事が大きすぎて、そんな些末なところで文句を言うわけにはいかない。分かっているけど、緊急事態宣言に慣れてしまった東京で感じている。

佐藤愛子さんのエッセイに書いてあったが、昔、花粉症のメカニズムがまだ解明されていないころ、花粉症は「春先のハナ風邪」と認識されていたらしい。春になると毎年ものすごいくしゃみの出る風邪を引く。おかしいなと思いつつも、鼻から塩水を吸い込んで出すといった対症療法をやっていたところ、原因がスギの木だと分かったとのこと。

どれだけ体調に気を付けていても、春先になると必ず風邪を引くなんて、きっと当時の人は不思議だったろうし、原因が何なのか見当もつかなかっただろうなと思う。花粉と分かってからは、マスクをつけたり、目薬をさしたり、抗アレルギー薬を飲んだりできるのだから、ありがたいことだ。コロナも何十年か後には色んなことが解明されて、何十年後かの人たちに、当時は大変だったろうな、原因も分からなかったなんて、と思われる日が来るかもしれない。これさえ気をつけときゃなんとかなる、という予防のポイントが、未来では見つかっていますように。

感染者数の減少やワクチン接種など、希望の持てる外からのニュースに救いを求めていたけど、そうすることにもう疲れたように感じる。コロナの件に関しては受動的か消極的になったほうが楽なことが多く、能動的に何かできることは少ない。ほとんどヤケクソに、心頭を滅却すれば火もまた涼しとか、住めば都とか、地獄に仏とか心に念じて、この状況下で心の平安を獲得するのが吉かなと思い始めた。

良いニュースであれ、悪いニュースであれ、外部のニュースにいちいち驚いていては、心の平安はいつまでも獲得できない。事実は事実として受け入れつつ、自分の心や日常を守る術を身に付けなくてはいけない。慣れる、諦める。水の中でもがけばもがくほど沈むのと同じように、ウイルスが舞いつづけるなかで、以前と同じような生活を望み続けていても、苦しいだけかもしれない。

各国の変異株が次々報道されるたび、次々新しい強敵が出現する、終わりのないトーナメント戦で闘ってる気分になる。ちょっと咳をしただけで不吉な予感のする日々が積み重なるストレス。大変な状況が続くにつれ自分のなかで、さすがにこれは誰かのミスが重なっているからじゃないだろうか、決定を任されている人たちはどうしてこう手際が悪いのか、と不満も出てきた。

ただ、誰かが悪いわけじゃなく、状況が悪いだけ、ということもある。

そこに配慮がなくつい誰かのせいにして責めてしまうと、後々自分にも負荷がかかる。自分もいつかは同じ種類の責任を問われる立場に回るかもしれないからだ。コロナはまったく未知のウイルスだったからこそ実態を把握するまでが大変で、突然現れたソイツにおのおのの組織がすぐに上手く対処できないのは、ある程度しょうがないかもと思う。

失ったことだけでなく、得たものに目を向けてみよう。私の場合、得たのは室内で家族と過ごす時間だ。朝ご飯を食べたあと急いでそれぞれの場所へ向かうあわただしい日々は一旦リセットされ、どうなるんだろうねと不安な顔をつき合わせながら家にこもる日々になり変わった。家族三人で食の好みも睡眠などの生活リズムも息抜きの仕方もそれぞれ違うけど、一緒にいる時間が増えてくると重なる部分を見つけた。ばらばらの部分を無理に合わせようとすると衝突も起こるけれど、共通する部分をしてる時になるだけ一緒にいられれば丸くおさまり、結構楽しく過ごせる。いまだに合わせるのが難しいのは睡眠で、私と夫は夕方必ず眠くなるが息子は元気いっぱい、朝方も私と夫はまだ眠い時間でも息子は元気いっぱいで、年齢差による生活リズムの違いを思い知った。

また各国の状況にこんなに関心を持ったことも今までなかった。南極でもコロナウイルスが見つかったというニュースを聞いたときは、ついにあんな寒そうな場所にも到達したのかと王手をかけられた絶望を感じた。少し前まではどこどこの国で感染爆発とか、変異株出現とかが多く、良いニュースは少なかったけど、〝ワクチン接種で重症化する患者は減少〟や、〝抑え込みの成功で、たくさんの観客を動員しての野外ライブが実現した〟などの良いニュースも増えてきて、海外の成功例を参考にすれば日本もまた上手く行くんじゃないかと希望を持てるようになった。一つの国だけでなく、世界中で感染予防に挑んでいるのだと実感すると心強い。

新型コロナの流行初期から活躍していたアマビエが、時を経て、どんどん綺麗になっている。初めは妖怪然とした横顔をして、生息地とされる海辺でもし見かけたら、とりあえず逃げ出したくなりそうな、鱗が少々グロテスクな妖怪だったが、最近ではロングヘアーのキューティクルがうるつやな、瞳のパッチリしたアヒル口がチャームポイントの、美しすぎる占い師みたいになっている。芸能界の売れっ子は人目にさらされて洗練されてくるというけど、まさかキャラクターにも同じことが起こるとは。自分はアムラー（安室奈美恵さんのファッションを真似する流行）世代なので、アマビエの毛先までまっすぐな長髪を見ると、あの頃の効き目が強すぎたストレートパーマを思い出す。

書き仕事のできる時間も増えた。考えてみれば外出というのは結構時間を取られるイベントであり、支度や移動、帰ってから疲れを癒やす時間などがまるごと無くなれば、かなりの量になる。家でできるという特質上、望むと望まざるとにかかわらず、書きものをするには最適の環境が出来上がってしまい、パソコンに向き合う時間がぐっと増えた。

以前は自著の読者の方々から共感が欲しいと思ってたけど、今は、共鳴したいと思う。自分の中に潜んでいる物語を探し当てるのに必死になっていたけど、最近は書き手より、むしろ読み手に脈打つ何かが潜んでいて、文章で読者の敏感な神経に触れたら、共鳴が返ってくるのではと感じている。洞窟に向かって何か語りかけ、ある特定の言葉を発したときだけ奥の暗がりから反応する声が返ってくるのを、耳を澄まして聴いているような心境だ。どの言葉なら反応があるかを常に探している。

ネットニュースの見出しの中には天才的にビビッドに事件をつたえるものがあり、ぱっと目にはいっただけの短い一行で、どんな人がどんな凶器でどんな理不尽な理由で殺された、または事故にあったかを伝えてくる。そうすると脳内で想像が始まってしまう。

昔はこんなことはなかった。何がきっかけでこうなったかを思いめぐらすと、小説を書くという職業に就いたのがきっかけだったように思う。

本を二、三冊出版させてもらった頃、真っ白のパソコン画面にいつも戦々兢々としていた。「そんな、話なんていくつも作れるわけ無いよ」これが本音で、主人公を据えても、物語の舞台を設定しても、どこか嘘くさい気がして、そりゃそうだ、自分が勝手に作り出した嘘だものなと合点がいき、ますます自分の想像力が信用できなくなる状況が長く続いた。

しかしそういう停滞は誰にでもある、階段の踊り場に来たようなものだ、いままで順調に上っていた人も踊り場にきたら一旦停滞する、というような言葉をどこかで読み、多分私も踊り場にいるんだと思い、辛抱して真っ白の原稿と向き合ってきた。私はよく分からない踊り場でとりあえず、訳も分からず踊っているところなのだと。あるとき、ふぁっと踊り場を抜けて再び階段が目の前に現れたとき、物語を作ることに苦労しなくなり、頭のなかで流れていく話の筋を、箸でそうめんを摑むように摑めるようになった。言葉は紡がれる。自然に話は運ばれていく。

このあとは、原稿を書く前のアイドリングは短くなり、どれだけ新しい状態に感謝したか分からない。でもこれぐらいの時期から、現実の世界に起きた恐ろしいことを知ると、頭のなかでそのときの状況が勝手に流れて追体験する弊害が発生し始めた。

小説を書き始める前の自分の感受性はもっと受け身だった。今みたいに勝手に立ち上がり始まってしまう、そんな主体性はまるで無かった。だから現代よりもよっぽど幼くて恐がりだったはずの中学生時代でも、殺人のニュースを見ても恐くなかった。その感じは大学卒業くらいまで、少しずつ受け身のレベルが減りながらも続いて、二十代後半ぐらいからはいまの方へ寄ってきた。

字に対しての想像力を鍛えすぎてしまうと、文字から映像を、まるで見たように想像してしまう。小説を書くのには必要なこの頭の回転が、現実では恐ろしい白日夢に転じる。しかし悪いことばかりでなく、良いことも実体験のように頭の中で再現できるので、誰かの書いた良い詩や文章を読むときは強烈な快感を伴う。現実に経験するよりも豊かに思い浮かべるので、良い歌を聞くとお酒を飲んでいなくても、飲んでいるレベルの昂揚感があったりする。

幼い頃から、趣味は読書だった。本を読むと、親や親戚が誉めてくれるので積極的に読書に取り組んだ結果、もちろん想像力の広がりという長所も得たけど､現実に生きづらさを感じやすい､夢見がちな部分も最大限伸ばしてしまったなと感じる。あまり語られない、読書のマイナス面についても最近考える。

本好きだった幼少時代の自分の写真を見ると、現実と想像の間の弁が緩んだ、どこか曖昧な目をしている。現実に生きながら大好きな世界をしじゅう夢想しているからだ。悲しいことがあっても自分の好きな世界は守られてそこに逃げれば幸せになれる。

しかし味方だったはずの想像力も現在は、呼んでもないのにインターホンを鳴らして、ドアの前に「来ちゃった」してくる存在になってしまった。何度鍵を替えても、なぜか合鍵を持っていてドアを開けてくる。都合の良いときだけ呼び出せる存在だと思ってたのに……。

新型ウイルスの流行を経て、可能な限り良い選択をし続けなければならない時代から、運命を受け入れざるを得ない時代に変わったなと感じている。以前は進路やライフスタイル、日々食べる物に至るまで、広告の発達した現在、無数の選択肢が目の前に並ぶようになり、間違ったものを選ぶとお先真っ暗になる気がしていた。あらかじめ情報をたくさん持っておいて、最良のものを選ぶのが必要なスキルとされる日常が続いていた。でもコロナが流行し始めてからは要請という名の、ほぼ強制の通達がくり返され、以前に比べればかなり選択肢が減った。むしろ一択の状況を受け入れなければならなくなった。緊急事態宣言が出ている最中の生活は窮屈にも思えるけど、休日の過ごし方一つにしても、複数の選択肢から苦労して選ばなければいけないというプレッシャーは無い。

予想外のトラブルが何度も起きた場合、転びそうになった体勢をなんとか腹筋で持ちこたえて、通常に戻るやり直しがきいても、今回の何度もの緊急事態宣言のように立ちはだかる壁だと、立ち止まるしかない。自分のリズムとまるで違うタイミングに現れる壁に、イラついたり、悲観的になったり、まるで無いように無視する態度を取りたくもなるけど、やはりその壁は同じ空間を共有する人間同士の社会ではかなり厚い。

　あー、置いていかれそう。ときどき、こんな心もとなさがつきまとう。真夏にマスクをつけて顔が蒸し上がることにまだ驚いてるのは自分だけかなとか、そんなことが気になる。

　街を歩く人たちのマスク姿はみんなすごく自然だけど、もう戸惑いが無いのだろうか。まだまだ違和感がつきまとって、でも前に普通だと思ってた街の景色を忘れかけてる、そんな中途半端な場所に未だ取り残されてるのは、自分だけだろうか。

　こんな不安を抱えているとき、いつも頭の中に浮かぶイメージがある。歩行者天国の大通りを埋めるほどのパレードの群れ。私もパレードに参加して晴天の下を歩いている。知ってる人も知らない人も晴れやかな顔をして、みんなと一緒にわいわい喋りながら、太陽の暖かい空の下、大通りを歩いている。

　ふと靴ひもがほどけてるのに気づき、脇道に逸れて腰を屈め、両方の靴のひもを結び直す。立ち上がって前を見ると、パレードの人たちはもう小さくなり、自分の周りは無人。みんなゆっくり歩いてたからすぐ追いつけるだろうと、余裕の気持ちで歩き始めるけど、パレードの華やかな喧騒はどんどん遠ざかっていく。早歩きになり、やがて小走りになる。周りがあまりにも賑やかだったから今まで気づかなかったけど、今の自分と同じように、ふっとパレードから洩れていなくなった人は、今までにも何人もいたんだろうなと今さら気づく。パレードの最後尾の人たちが大通りの角を曲がり、自分の視界から人影が完全に消える。全速力で走り出すけど、追いつくのはもう無理かもしれない。

　コロナウイルスが世界を包み込んでから、パレードの足どりの速度は今までよりも速くなっている。早く通り過ぎたい情景を横目でも見ないようにしながら、他の人に足並みをそろえて休みもせずに歩き続けてきた。でも最近ようやく長期戦の本当の辛さを悟り、もう置いていかれてもいいから、ゆっくり休めるカフェを探している。

とりあえず、くつろぐ。難しいけれど、今必要とされるスキルかもしれない。暴風で前髪がぼさぼさになりほとんど前が見えなくても、飲んだ紅茶に風で飛んできた砂ぼこりがいっぱい入ってても、のどかに飲んでいる体を失わずにリラックスする。やせ我慢と紙一重の、のんびりしたひとときだ。一度泣いたらもう立てないと直感で分かるときがある。そんなとき頼れるのはもう矜持しかない。ものすごい強風が吹いているなか、優雅に午後のお茶を意地でも楽しもう。

緊急でない事態の、日常の大切さ、得難さを知っているからこそ、世の流れに従いつつ、自分の周りの生活のテンポを見失わずにいたい。

つくろわないで、くつろいで。

忙しすぎると気づかないけれど、無風と思われるときも清々しい風はわずかに吹いている。微かなそよぎを頬に感じながら日々を過ごしたい。

アムラーっぽいアマビエ

初出　「新潮」2020年6月号、8月号、9月号、10月号、11月号、
2021年2月号

………………………………………………………………………………

あのころなにしてた？

発　行　2021年9月25日

著　者　綿矢（わたや）りさ

発行者　佐藤隆信
発行所　株式会社新潮社
〒162-8711 東京都新宿区矢来町71
電話　編集部　(03)3266-5411
　　　読者係　(03)3266-5111
https://www.shinchosha.co.jp

装　幀　新潮社装幀室
組　版　新潮社デジタル編集支援室

印刷所　大日本印刷株式会社
製本所　加藤製本株式会社

乱丁・落丁本は、ご面倒ですが小社読者係宛お送り下さい。
送料小社負担にてお取替えいたします。
価格はカバーに表示してあります。

NexTone　許諾番号　PB000051713号

ISBN 978-4-10-332624-3 C0095